Mario Bimbato:
Memórias

Mario Bimbato:
Memórias

Manole

Copyright © 2017 Editora Manole Ltda. por meio de contrato de coedição com o autor.

EDITOR GESTOR: Sônia Midori Fujiyoshi
EDITORA: Cristiana Gonzaga S. Corrêa
PRODUÇÃO EDITORIAL: Visão Editorial
PROJETO GRÁFICO E DIAGRAMAÇÃO: Visão Editorial
CAPA: Daniel Justi
DVD: All Produtora

Dados Internacionais de Catalogação na Publicação (CIP)
(Câmara Brasileira do Livro, SP, Brasil)

Bimbato, Mario
   Memórias / Mario Bimbato. -- Barueri, SP : Manole, 2017.
   Inclui CD.
   ISBN: 978-85-7868-282-8
   1. Bimbato, Mario 2. Literatura brasileira
3. Memórias I. Título.

17-02086   CDD-869.803

Índices para catálogo sistemático:
1. Memórias : Literatura brasileira 869.803

Todos os direitos reservados.
Nenhuma parte deste livro poderá ser reproduzida, por qualquer processo, sem a permissão expressa dos editores.
É proibida a reprodução por xerox.
A Editora Manole é filiada à ABDR – Associação Brasileira de Direitos Reprográficos.

1ª edição – 2017

Editora Manole Ltda.
Avenida Ceci, 672 – Tamboré
06460-120 – Barueri – SP – Brasil
Tel.: (11) 4196-6000
www.manole.com.br | info@manole.com.br
Impresso no Brasil | *Printed in Brazil*

Este livro contempla as regras do Acordo Ortográfico da Língua Portuguesa de 1990, que entrou em vigor no Brasil em 2009.
São de responsabilidade do autor as informações contidas nesta obra. Foram feitos todos os esforços para adquirir as devidas autorizações das canções e dos vídeos reproduzidos no CD/DVD encartado ao livro.

Mario Bimbato

Escritor, poeta e cantor.
Bacharel em Direito pela Universidade de Brasília (1970). Mestre em Direito pela Universidade de Yale (1973). Advogado do Departamento Jurídico da MBR – Minerações Brasileiras Reunidas S.A. (Grupo Caemi), no Rio de Janeiro (1973-1974). Assessor jurídico da IBM do Brasil, no Rio de Janeiro (1973-1974). Advogado de empresas no escritório Bulhões Pedreira, Bulhões Carvalho e Advogados Associados, no Rio de Janeiro (1974-1975). Assessor do Ministro da Fazenda (1975-1979). Membro da Comissão de Estudos Tributários Internacionais do Ministério da Fazenda (1975-1979). Professor-colaborador de Direito Comercial no Departamento de Direito da Universidade de Brasília (1978-1980). Consultor jurídico da Secretaria de Planejamento da Presidência da República (1979-1981). Procurador do Estado do Rio de Janeiro (1987-1995). Consultor jurídico do Ministério da Indústria, do Comércio e do Turismo (1995-1999).

Titular do Sexto Tabelionato de Protesto de Títulos em São Paulo, capital, desde 2000, mediante concurso público, no qual passou em primeiro lugar.

Sumário

Prefácio 10

Capítulo 1
 A Fazenda do Salto 14

Capítulo 2
 Corumbá de Goiás 52

Capítulo 3
 Seminário São José 92

Capítulo 4
 Seminário Santo Afonso 98

Capítulo 5
 Construção de Brasília 114

Capítulo 6
 Câmara dos Deputados 132

Capítulo 7
 Universidade de Brasília 142

Capítulo 8
 Ministério da Fazenda 156

Capítulo 9
 Variedades 166

Prefácio

> *"Revolvidas as causas no conceito,*
> *Ao propósito firme segue o efeito."*
> *(Camões, Os lusíadas, Canto lll)*

Aos 75 anos, na assim chamada terceira idade, hei por bem divulgar as minhas Memórias, divididas em nove capítulos: 1. A Fazenda do Salto, 2. Corumbá de Goiás, 3. Seminário São José; 4. Seminário Santo Afonso, 5. Construção de Brasília, 6. Câmara dos Deputados; 7. Universidade de Brasília, 8. Ministério da Fazenda e 9. Variedades.

A fim de amenizar a aridez do tema, a obra vai entremeada de casos pitorescos, que não só lhe conferem um tom jocoso, como também poupam o eventual leitor do flagelo de um trabalho maçante.

Por uma dessas "afinidades eletivas" de que falava Goethe, encontrei em Ramon e Ramir Curado, ilustres representantes da sociedade corumbaense goiana, valiosa colaboração.

O primeiro, meu colega de infância em Corumbá de Goiás, formado em engenharia e ora diácono, contribuiu com fotos históricas e observações oportunas aos originais sobre o município, pelo que lhe sou imensamente grato.

O segundo, historiador, cooperou na feitura do texto relativo à municipalidade e sou-lhe também grato pelas preciosas achegas.

Roseane Bonini adicionou o esplêndido desenho da Fazenda do Salto (que há muito deixou de existir), com base em minha descrição.

O trabalho possui um aspecto peculiar, que é a inclusão de imagens e a indicação de faixas musicais (contidas no DVD que acompanha esta edição) pertinentes a cada capítulo. Trata-se, pois, de uma obra audiovisual.

Como disse alguém espirituosamente, aqui encerro, parodiando Burke, com esta consideração: "O discurso, para ser imortal, não precisa ser eterno".

São Paulo, setembro de 2016.

Capítulo 1
A Fazenda do Salto

PRÓLOGO

Canta, ó Musa, a aurora
Da minha vida na Fazenda
Do Salto, que foi, outrora,
Da minha infância a vivenda.

Canta os primórdios da vida
Na terna e tão doce plaga,
Da minha infância querida,
Da meninice minha saga.

Quero assim dividir
Com outros a minha sorte,
E destarte repartir
Dos meus versos o aporte.

Aos leitores (se é que os tenho)
Quero comunicar,
Com toda arte e engenho,
Minha epopeia sem par.

A FAZENDA DO SALTO

Foi lá na Fazenda do Salto,
Num vale coberto de flor,
De Goiás no belo Planalto,
Junto à Serra do Tombador,

Que minha infância eu vivi,
Numa bucólica e serena
Área, bem longe daqui,
Onde sopra uma brisa amena.

Esse nome a fazenda tinha,
Pois do Salto do Corumbá,
Ficava bastante vizinha,
Cerca de mil passos de lá.

O lugar era um paraíso
Por Deus ali colocado
Da natureza, o sorriso
Um idílio abençoado.

Mário de Andrade
Imitando, na ocasião,
A Serra do Tombador
Não tinha esse nome, não.

Ali tombou muita carroça,
Carro e caminhão
Que o precipício destroça,
E do Tombador, desde então,

Se chamou, sim senhor,
Palavra justificada,
Antes, porém, do Roncador
A Serra então era chamada.

O RIO CORUMBÁ

O Corumbá tem nascente
Dos Pireneus lá na Serra
E vai, em sua corrente,
Para o Sul serpeando a terra.

A quatro léguas do lugar
Onde nasce, um belo salto
Vai majestoso formar,
De um penhasco bem alto.

É o Salto do Corumbá,
Que borbota sobranceiro,
Agitando as águas lá,
Onde cai num desfiladeiro.

Na casa onde eu morava
Da catadupa o murmurar
De noite eu bem escutava
Na pedreira a espadanar.

"Ouvindo o murmurar da cachoeira
Das águas que desabam na pedreira
São as mais belas horas
Que existem em minha vida
Ver a madrugada nascer florida."

> Trecho no DVD Memórias:
> Faixa 1 – O murmurar da cachoeira

O Corumbá, outrora piscoso
Já foi do Salto na região:
Dourado era o mais vistoso
Dos peixes que lá havia então.

Uma elevada barragem,
Mais abaixo construída,
Dos montes entre a passagem,
Impediu-lhes a subida.

Corumbá é o nome também
Da cidade que fica a jusante,
Na vertente de um morro além,
Duas léguas e meia adiante.

A propósito, o Salto jaz
Nos limites do município
De Corumbá de Goiás,
Diga-se logo em princípio.

O Corumbá leva mensagem
Lá do sertão para o mar:

Alguém disse com a vantagem
De quem bem sabia falar.

Bernardo Elis, escritor,
Em Corumbá nascido,
Foi outrossim o autor
Do dito acima referido.

Aos imortais na Academia,
Relatou no discurso
De posse, com maestria,
Do Corumbá o percurso:

Desde a sua nascente,
Na Serra dos Pireneus,
Até o Salto mais à frente,
Descrevendo aos pares seus.

A SEDE DA FAZENDA

Lá do Salto a Fazenda
Tinha uma sede senhorial,
Uma elegante vivenda,
De estilo colonial.

Ornada de beirais formosos,
Com flor de lis rematados,
E telhados primorosos,
Que se estendiam para os lados.

E vidraças que se abriam
Nas paredes da mansão,
Ali também se viam
Adornando o casarão.

À Diocese pertencente,
Recebida por doação,
De férias como ambiente,
Ao clero servia então.

Foi o fazendeiro João Paulino
Da doação o autor,
Um cavalheiro grã-fino,
Homem de grande valor.

Era Dom Emanuel
O Arcebispo de Goiás,
Louvado em gente fiel,
De meu pai mandou atrás.

Dom Emanuel, assim dizem,
Queria alguém audacioso,
De italiana origem,
Honesto e operoso.

De ascendência italiana,
Capixaba de nascença,
Caiu meu pai na diocesana
Do prelado preferência.

Do Padre Trindade, aliás,
Deputado federal,
Pelo estado de Goiás,
Era amigo pessoal.

Tal relação foi importante
Para a vida futura:
A amizade constante
Cria uma base segura.

Pela autoridade eclesial
Foi meu pai então convidado
A tomar conta do local,
Para tanto preparado.

O convite adrede veio –
Uma oportunidade de truz –
Sem terra para o semeio,
Surgiu como uma luz.

Com ele, Domingos Bimbato,
Morador de Cachoeiro,
Dom Emanuel fez um trato,
Em que não entrava dinheiro:

Salário não recebia,
Mas o que colhia e criava,
Tudo a papai pertencia,
E desse modo se pagava.

SAINDO DE CACHOEIRO

Eu sou, modéstia à parte,
Da cidade de Cachoeiro
De Itapemirim, destarte,
Vou brincando galhofeiro.

Assim gostam de brincar,
Com certo engenho e arte,
As pessoas do lugar,
De tal fazendo estandarte.

Eu nasci na zona rural,
O ano inteiro cultivada,
De viçoso cafezal,
Pela brava italianada.

De lá eu pequeno saí,
Para o sertão de Goiás,
Um lugar distante daqui,
Que os anos não trazem mais.

Com meus pais e minha irmã
Dalva, inda criança de colo,
Partimos então de manhã,
Com a matula a tiracolo.

De Cachoeiro saímos,
Fazendo a viagem de trem,
Dali, assim, nós partimos,
Com nossa honra também.

Andamos por longes terras,
Em nossa longa jornada,
Cruzando por várias serras
E planícies na estrada.

A Anápolis, em hora
Matutina, chegamos,
Donde fomos embora,
De carro de boi e viajamos:

O carro, no seu requenquém,
Causado pelo mancal
E pelo carvão, pois bem,
Pela tração do animal.

> Trecho no DVD Memórias:
> Faixa 2 – O carro de boi

Sentados no requebém,
Com folhas de bananeira
Contra o sol cobertos também,
Protegidos dessa maneira.

CORUMBÁ DE GOIÁS

De carro de boi indo em frente,
Uma cidade envolvente –
Onde alguns dias ficamos.

Pelos bandeirantes
Fundada, à cata de ouro,

Em suas idas constantes,
À busca então de tesouro,

A cidade inda conserva,
Em seus casarões, a colonial
Aparência, e preserva
A tradição cultural.

Sendo de Dom Emanuel,
Bem como do Padre Trindade,
Referido e sempre fiel,
Papai comprou então na cidade:

Mantimentos e semente,
Pois, a Corumbá ele chegou,
Sem dinheiro, insolvente,
E tudo fiado comprou.

Mais utensílios de cozinha,
Ferramentas para lavoura
E o que mais convinha,
Como roupas e rasoura.

Deus foi servido ajudar,
Pois, só depois da colheita,
Comprou para então pagar,
Que assim faz a gente direita.

Entre os comerciantes
Que lhe venderam fiado,
Foram os negociantes
Edmir e Felim Curado.

E cumpre também mencionar
Juquinha e Inácio, pois bem,
Entre as pessoas do lugar
Que assim fiaram também.

Canto dos ilustres varões
Sua benevolência,
Que, em várias ocasiões,
Provaram a munificência.

Em nome, pois, de meu pai
E de meu próprio também,
Esta mensagem aqui vai
De quem agradece a alguém.

Até do Salto à Fazenda,
De carro de boi novamente,
Segundo a nossa agenda,
Chegamos assim finalmente.

Com meus pais e minha irmãzinha,
Sem nenhum vizinho por perto,
Vivi como a ave que aninha,
Na solitude do deserto.

Mal me lembro da viagem,
Pois nem dois anos eu tinha,
Só uma pálida imagem
Ficou na memória minha.

Isto na memória se encerra
(Gravada mais tarde) aqui

"Saudade de minha terra"
Por Belmonte e Amaraí

"De que me adianta viver na cidade
Se a felicidade não me acompanhar
Adeus paulistinha do meu coração
Lá pro meu sertão eu quero voltar
Ver a madrugada quando a passarada
Fazendo a alvorada começa a cantar
Com satisfação, eu arreio o burrão
Cortando o estradão,
Eu saio a galopar
E vou escutando o gado berrando
Sabiá cantando no jequitibá."

DOCES RECORDAÇÕES

Homero, o poeta, imitando
A Aurora com seus róseos dedos,
O sol já vai radiando,
Sorrindo nos arvoredos.

Também vistoso e luzido,
Que esplêndido de ver!
O céu de estrela esparzido,
Era o anoitecer.

Outrossim, na alvorada
Daquele aprazível lugar,
Alegre, a passarada
Começava então a cantar.

De Lucília Villa-Lobos,
Vou este canto entoar,
Que tem os suaves arroubos
De um primoroso cantar:

"Lá no céu,
A estrela d'alva anuncia
O nascer
De mais um formoso dia.

O galo canta bem cedinho,
Despertando a caboclada,
A passarada deixa o ninho,
E vem saudar a alvorada."

Uma adutora captava
No Salto água cristalina,
Que, por um rego, banhava
A fazenda, como da mina.

Rente à minha morada,
De lírios brancos margeado,
Perfumoso na valada,
Que eu aspirava deliciado.

Enquanto mamãe lavando
Roupa cantava, eu ouvia,
No rego me banhando,
E encantado me sentia.

Mamãe meu berço afofava
De paina com travesseiro,

E eu feliz me aconchegava
No leito, alegre e fagueiro.

VISITAS ILUSTRES

Certa vez, à fazenda veio
O Arcebispo, Dom Emanuel,
Em seu fino Lincoln a passeio,
E seu típico anel.

Doutra feita foi Dom Abel,
Então Bispo de Goiás,
De carro, e um padre fiel,
Que o dia ali passou, aliás.

Geraldo Campos, o prefeito,
De Corumbá, pois, então –
Um cidadão mui direito –
Vinha em seu caminhão.

Vieram com o Padre Cirilo
Mizita e Goiany, sua prima,
Vestidas em faceiro estilo,
A passear rio acima.

Mizita, a estimada diretora,
Da escola, com grã valor,
De Corumbá era a flora,
E Goiany, também uma flor.

Ambas de lá professoras,
Foram então com Cirilo
Passear no rio por horas,
Lá onde cantava o grilo.

De quando em quando era a visita
De Clemente Altoé –
Que vinha em sua égua catita –
E nosso amigo de fé.

Clemente depois se tornou
De crisma o meu padrinho,
Por isso, então, me estimou
Sempre com muito carinho.

Para as ilustres visitas,
Mamãe galinha preparava
Com polenta, que, das ditas
Pessoas, cada qual saboreava.

NOSSOS VIZINHOS

Nosso mais próximo vizinho
Era o fazendeiro Silvestre,
De Corumbá no caminho,
Em sua morada campestre.

Ali havia um monjolo,
Movido pela água dum rego,
Batendo, quebrando o miolo
Dos grãos, no ledo sossego.

Silvestre e Babita, sua esposa,
Atentos nos recebia,
Ela, mui gentil e bondosa,
Quitute nos oferecia.

Mais adiante ficava
De Bernardo Aquilaz
A estância, onde criava
Boiada, com um capataz.

Bernardo e Branca, sua esposa,
De jabuticaba possuíam
Uma floresta viçosa
E muitos lá então iam

As frutas chupar, um bocado
Jabuticaba ali havia
Tanta, que eu, no pé trepado,
A fruta então engolia.

No caminho acedente,
Margeado de muita flor,
Ao longe, na vertente
Da Serra do Tombador

Surgiam formosos regatos –
Um vistoso panorama –
Descendo, pelos verdes matos
Da serra, por entre a rama.

Na crista da Serra se via,
Altaneiro e isolado,

Um buriti, que sobressaía,
"Buriti Sozinho" chamado.

Pinduca era o sitiante
Mais próximo da Fazenda
Ao norte, uma légua distante,
Popular dono de uma venda.

Sua casa então se via,
Após uma aguada,
Que nessa época havia,
De buritis margeada.

OUTRAS LEMBRANÇAS

Havia muita goiabeira,
Também mangueiras havia,
Limoeiro e laranjeira,
Naquela terra bravia.

Na quinta, de todo lado,
Ouvia-se, de cá e de lá,
Do passáro-preto o trinado
E o canto do sabiá.

A cercania da Fazenda
Do Salto do Corumbá
Era outrossim a vivenda
Do garboso lobo-guará,

Que, em bando, à noite uivava,
De minha casa junto ao muro,
E eu, com medo, escutava
O ulular no escuro.

Luz elétrica não havia
Naquele distante sertão:
Quando o sol se escondia,
Era uma escuridão.

O poente, o sol refletindo
Nas pedras da montanha,
Parecia uma onça rugindo,
Coisa realmente estranha.

SERRA DOS PIRENEUS

A Serra dos Pireneus,
Cerca de uma légua distante
Lá da fazenda, nos seus
Montes encerra bastante

Riqueza aos visitantes,
Desde cristais de "vária cor",
Nos caminhos circundantes,
Até mais coisas de valor.

Na crista do morro se via
Uma capela estadeando,
De quartzo verde a alvenaria,
Dentro como esmeralda estando.

Sítio de anual romaria,
Muita gente ali acampava,
Rezando a Ave-Maria,
E ao pé da igrejinha cantava.

LOBISOMEM E OUTRAS HISTÓRIAS

Do lobisomem se dizia
Que, em noite de lua cheia,
Às vezes aparecia –
Um bicho de cara mui feia.

Algum visitante jurava
Ter visto assombração,
Que os passantes assustava
E causava estupefação.

Às vezes era a folhagem
Pelo vento revolvida,
A origem, então, da miragem
De coisas da outra vida.

De casas mal-assombradas
Também se ouvia falar,
Mormente em moradas,
Retiradas do lugar.

De mula-sem-cabeça se falava,
Também naquela cidade,
De coito danado, que resultava
Da união de mulher com padre.

Era voz então propalada
Que índios por perto havia,
De assustar a petizada,
Que, sozinha, longe não ia.

Longe não ia o menino,
Com medo de ser capturado
Por índios, e ser o bambino
Pra longe, bem longe levado.

PIRILAMPOS

Ao anoitecer, pelos campos,
Que ao longe se estendiam,
Se viam os pirilampos,
Que em nuvens entreluziam.

Canto o insigne poeta,
"O Condoreiro" baiano,
Que, assim tão bem, interpreta
O pendor brasiliano.

"[...]
E, em lindos cardumes,
Sutis vaga-lumes
Acendem os lumes
P'ra o baile na flor.

E então nas arcadas
Das pét'las doiradas,
Os grilos em festa

Começam na orquestra
Febris a tocar..."

> Trecho no DVD Memórias:
> Faixa 3 – O baile na flor

DISPARADA A CAVALO

Eu montava um cavalo baio,
Chamado Douradinho,
Aprendi com algum ensaio,
Ele era bastante mansinho.

Papai uma mula cavalgava,
Chamada Mulatinha,
Ela era arisca e pulava,
Com quem prática não tinha.

Aos cinco anos de idade,
Montado no Douradinho,
Ia com meu pai à cidade,
Ele, na besta, a caminho.

Certa vez, meu cavalo,
De Corumbá na estrada,
Disparou assim de estalo,
Galopando em retirada,

Por uma fêmea atraído;
As rédeas, firme, segurei,

No arreio firmei me erguindo,
Até que a montaria parei.

Papai depois me alcançou,
A Mulatinha trotando;
A disparada não me assustou,
E prossegui cavalgando.

A COMPANHIA DE ESTRADAS

Deus foi servido enviar
Uma companhia de estradas,
Que veio e ali alojou,
Por longas e longas jornadas.

Quinhentos sóis já eram passados,
Quando ali acampou,
E então praqueles lados,
Uma companhia assentou:

Construir uma estrada,
Que até ao Norte do Estado,
Ligasse, na empreitada,
Anápolis, pelo cerrado,

E cortasse a serrania,
No audacioso projeto,
Rompendo a mata bravia,
E os campos, cruzando aberto.

Com pás, enxadões e enxadas,
Carroças pra tirar a terra,
Por tropas de mula puxadas,
E picaretas cortando a serra,

Às vezes, a dinamite
Estrondosa explodia,
Quebrando o arrebite
Da angulosa pedraria.

A companhia fez seu escritório
Lá na sede da fazenda,
Onde instalou o diretório
E fazia sua agenda.

Era Mário, jovem engenheiro,
Quem chefiava a companhia
E o pessoal empreiteiro
Da empresa que ali construía.

De manhã, bem cedinho,
Eu na bica o encontrava,
Quando ele estava sozinho,
E o rosto ele lavava.

Uma vitrola, movida
A manivela, entoava
Música ali ouvida,
"Serenô" ali se escutava:

"Serenô, sereno cai,
Serenô deixou cair,
Serenô da madrugada
Não deixou meu bem dormir."

Certa vez, presenciei
Um boi indefeso abater,
E então, pasmo, vivenciei
O sangue da goela a correr.

A gente, em silêncio, assistia
À cena cruenta, e o animal,
Sem tugir nem mugir, nem gemia,
Até que dobrou o espinhal.

POLENTA COM LEITE DE CABRA

Polenta eu com gosto comia,
E carne de lata de banha,
O leite de cabra eu bebia —
Saúde que se arrebanha.

No terreiro da doce morada,
Uma engenhoca havia,
Onde da cana imprensada,
Garapa então se bebia.

Papai capado matava,
Linguiça e chouriço fazia
O porco bem dissecava
Mostrando-lhe a anatomia.

Do toucinho banha fazia,
Que, em latas, guardava,
E a carne, que sempre havia,
Assim também conservava.

Não havendo geladeira,
Nem sequer energia
Elétrica, era, pois, a maneira
De manter a caloria.

Já, então, a carne de gado,
Num arame, salgada,
Permanecia um bocado
Ao sol, assim conservada.

Da carne de porco a linguiça,
Também após temperada,
Ao sol secava inteiriça,
E assaz apimentada.

A noite se clareava,
À luz de um lampião,
Que a casa iluminava,
Quando era a ocasião.

A VELHA CIGANA

Uma cigana anciã vendeu
A mamãe uma chaleira
De cobre, e escondeu
O defeito de maneira

Que, olhando, não se via;
Minha mãe de boa-fé a comprou,
Pois a bom preço adquiria,
E a chaleira assim pagou.

Mais tarde viu que havia
Sido pela cigana lograda,
Pois, sem saber, adquiria
Da velha uma peça furada.

Mamãe ficou furiosa,
Mas, quando a raiva amainou,
Tornou-se então briosa,
E a bruxa apelidou

"Com-com" chamando à cigana,
Da anciã a dicção imitando,
Pois, assim, a ratazana
Vivia pronunciando.

O BORÓ

O pessoal da companhia
Era pago com o boró,
Cartão que dinheiro valia,
Fiado no crédito, só.

O boró também circulava
Na cidade como dinheiro,
Pois então escasseava
Na praça o novel cruzeiro.

Não só este escasseava,
Como já não se imprimia
O mil-réis, que também faltava,
E a patuleia, esta sofria.

A companhia ficou
Três anos ali acampada,
E muita saudade deixou
De sua alegre estada.

OS BICHOS DA FAZENDA

Meu cão, Vigilante chamado,
Em minhas pernas se enroscava,
Com isso querendo agrado,
E eu o dorso lhe afagava.

De nome Xingu, o meu gato,
Com ele eu às vezes brincava,
Eu fazia gato e sapato,
E Xingu nem sempre gostava.

Certa vez o ergui pelo rabo,
E o gato minha perna dentou:
Causou-me um ferimento brabo,
E mamãe com brasa queimou.

Foi a Divina Providência
Que sua mão guiou:
Eu não tinha consciência
Do mal que me ameaçou.

Tal ação foi providencial:
Eu, por certo, escapei
De uma infecção, talvez fatal,
E de dor eu gritei, gritei.

Os porcos daquela morada
Viviam soltos, uma beleza,
Que primorosa porcada,
A mais bela da redondeza!

Amiúde a manada ia
Espojar-se num pantanal
Que na vizinhança havia,
Perto de um mangueiral.

Após chegar a companhia,
Todo o rebanho suíno –
E seu grunhido se ouvia –
Ficou preso no esterquilínio.

A ROÇA DO BORÁ

Montado num burrico eu ia
Até à roça do Borá,
Nome do corgo que havia,
Banhando o terreno por lá.

Eu levava num embornal
O almoço da jornada,
Sendo o prato principal
Carne-seca e feijoada.

Papai um cigarro acendia,
De palha, e fumo picado,
Que num tição acendia,
E o toco ficava guardado,

Por sobre a orelha, apagado,
Para que o acendesse,
Outra vez esbraseado,
Quando lhe apetecesse.

A caminho da lavoura eu via,
O doce regato margeando,
Caju, ingá, melancia,
E a passarada voando.

Com dois jacás o burrinho
Já vergando voltava,
De casa pelo caminho,
Até que à morada chegava.

MUDANDO PARA A CIDADE

Vendendo milho e capado,
Arroz e feijão-tropeiro
Ao pessoal ali acampado,
Meu pai juntou dinheiro:

Dois contos de réis, pra fazer,
Na cidade de Corumbá,
Uma casa para viver,
Quando mudasse para lá.

Pois eu ia chegando à idade
De para a escola entrar,
E uma boa casa na cidade
Passamos a habitar.

Na fazenda então ficamos
Por cinco anos morando,
Até que, pois, nos mudamos,
A nova casa habitando.

PRIMEIRAS LIÇÕES

De meu pai tomando lições,
Comecei a ler e a escrever,
E as quatro operações
Aprendi também a fazer.

Antes de para a escola entrar,
Isso em casa aprendi,
Pois sempre gostei de estudar,
Às vezes com frenesi.

PRIMEIRAS CANÇÕES

Enquanto meu berço embalava,
Suaves canções de ninar
Mamãe com ternura cantava,
E assim meu sono a velar.

A minha mãezinha ouvindo,
Comecei a imitar,
E suas canções repetindo,
Logo aprendi a cantar.

A sua canção preferida –
Vide só, quanta beleza! –
No berço por mim aprendida,
Era "Sonhando com Veneza":

"É Veneza um jardim da Itália
Belo jardim à beira-mar plantado
É a glória do povo italiano
Belo sonho de todo missionado

Quisera eu ver Veneza bela
E gôndolas em noite de luar
És tu, Veneza, um mundo encantado
Enfim viver, viver, sonhar

Mas neste doce anelo
Fora um sonho belo
Contigo à beira-mar
Viver, viver e amar

Mas neste doce anelo
Fora um sonho belo
Contigo, minha linda flor
Viver, viver de amor."

Trecho no DVD Memórias:
Faixa 4 – Sonhando com Veneza

Essa tão graciosa canção,
De autoria desconhecida,
Dentro do meu coração
Guardei por toda a vida.

De bom ouvido era dotada,
E de voz celestial,
Aptidão abençoada,
De origem divinal.

Pois todo dom de Deus provém,
Que o confere às criaturas,
Para glória sua no Além,
Lá do céu nas alturas.

Esta dádiva eu herdei:
O dom também de cantar,
E, se hoje cantar eu sei,
Devo à mamãe me ensinar.

EPÍLOGO

A Fazenda foi decaindo,
Depois que papai se mudou;
Foi sumindo, sumindo,
Até que nada mais restou.

Aqui termina a história
Da Fazenda do Salto, então,
Para registrar-lhe a memória
De todos no coração.

Na cidade de Corumbá,
Foi onde o primário eu cursei,
E vários amigos fiz lá,
Na escola onde estudei.

De nascimento, eu sou
Da cidade de Cachoeiro
De Itapemirim, e eu vou
Assim dizendo primeiro.

De criação sou, porém,
De Goiás no altiplano,
Com orgulho, pois bem,
Corumbaense goiano.

São Paulo, setembro de 2016.

A Fazenda do Salto

Domingos Bimbato, pai do autor, aos 56 anos

A Fazenda do Salto

Angelina Della Bianca Bimbato, mãe do autor, aos 23 anos

A Fazenda do Salto

Da esq. para a dir.: o autor aos 4 anos e seus irmãos: Teresa com 1 ano; Dalva aos 2 anos; e Álvaro aos 2 anos (1945)

A Fazenda do Salto

O autor (à dir.) aos 3 anos e dois de seus irmãos: Dalva (à esq.) aos 2 anos; e Álvaro (no meio) com 1 ano de idade (1944)

A Fazenda do Salto

Sede da Fazenda do Salto. Desenho de Roseane Bonini, com base na descrição feita pelo au

Capítulo 2

Corumbá de Goiás

Com a colaboração de Ramir Curado

Sou de Cachoeiro de Itapemirim, a capital secreta do Brasil, como gostam de brincar os cachoeirenses. De lá pequeno saí, para morar na Fazenda do Salto, no Planalto Goiano, pertencente ao município de Corumbá de Goiás.

De trem nós partimos, em fevereiro de 1943: papai, mamãe, minha irmã Dalva, ainda criança de colo, e eu, com dois anos incompletos, e fomos até Anápolis.

Dali rumamos para Corumbá, de carro de boi, sentados no requebém e cobertos do sol com folhas de bananeira. Por lá ficamos alguns dias. Banhada pelo rio homônimo, é uma cidade histórica fundada pelos bandeirantes, em 1730. À cata de ouro, encontraram tanto do minério que ergueram um arraial em torno de uma capela, a qual chamaram Nossa Senhora da Penha de França de Corumbá.

O povoado foi crescendo e transformou-se numa cidade que ainda conserva, em seus casarões, o estilo colonial. O censo realizado em 1940, três anos antes de nós lá chegarmos, registrou a existência de 17.144 habitantes, dos quais apenas mil residiam na região urbana, e o restante, na rural.

NOME DA CIDADE

Uma lei federal de 1943 decretou que duas cidades não poderiam ter o mesmo nome. Quando isso acontecesse, a mais nova deveria modificá-lo, de modo que a distinguisse de seu homônimo.

    Entretanto, apesar de ser bem mais antiga do que a outra Corumbá, no estado do Mato Grosso, por motivos de força política, foi Corumbá de Goiás que teve de alterar o seu topônimo original.

    Tal medida visava a evitar confusão no Correio, visto que, na época, ainda não existia o CEP ou sistema equivalente. Assim, a cidade goiana passou a denominar-se Corumbá de Goiás, em virtude da existência de topônimo idêntico em Mato Grosso (hoje Mato Grosso do Sul).

COMPRANDO FIADO

Tendo como referências Dom Emanuel, Arcebispo de Goiás, e o Padre Trindade, então deputado federal pelo Estado de Goiás, papai comprou fiado mantimentos, ferramentas para a lavoura e tudo o mais que convinha, como vestuário, panos para costura e utensílios domésticos.

    Acredito que Deus o ajudou, pois comprou prometendo pagar somente após a colheita. Entre os comerciantes que lhe venderam a crédito, cumpre mencionar, no largo da Matriz, Felino Curado (Coronel Felim), André Curado, que trabalhava com seu filho Edmir, bem como, na Rua Direita, Lili e Juquinha, este pai de Lili.

A FAZENDA DO SALTO

De carro de boi novamente, enfim chegamos à Fazenda do Salto, onde fixamos a morada numa casa ao lado da sede, de propriedade da Arquidiocese de Goiás.

A sede era uma elegante vivenda de estilo colonial, provida de vidraças e ornada com beirais de flor de lis. Mais tarde, por problemas estruturais na casa lateral, que estava ameaçada de ruína, nós nos mudaríamos para a casa principal.

Contam os antigos que seu construtor, Deodato Sebastião da Costa Campos, era um grande pianista que gostava de tocar peças clássicas ouvindo, ao fundo, o som da cachoeira, causando admiração a quem viajava pela velha estrada carreira, que passava junto à propriedade. Nela nasceu, em 1921, a escritora e memorialista Maria Leal Lúcio.

A mansão, construída pelo músico e empresário Deodato Sebastião da Costa Campos no século XIX e doada ao clero goiano por seu genro, o fazendeiro e negociante João Paulino, outrora servia a este como sítio de férias.

Pertencente ao município de Corumbá, a Fazenda do Salto recebeu esse nome porque ficava bem perto (800 metros, aproximadamente) do Salto do Corumbá, uma das grandes atrações turísticas da região.

As águas da cachoeira maior, com uma queda de 50 metros, foram desviadas para o córrego do Rasgão pelos irmãos Mafra, em 1710, e o rio Corumbá só retornou ao leito primitivo em 1988.

Após uma demanda judicial entre o proprietário do *camping* e o hotel-fazenda Cabana dos Pireneus, a Justiça deu ganho de causa ao primeiro, levando em conta a história do lugar.

A cerca de 800 metros para o sul, há uma cachoeira menor. Na sua parte mais elevada, tinha início um canal de pedra, que captava suas águas cristalinas e banhava a Fazenda do Salto. Percorria 4 quilômetros até a barra do córrego Borá, afluente do rio Corumbá.

CONVITE EPISCOPAL

Indicado pelo Padre Trindade, já referido, meu pai, Domingos Bimbato, morador da zona rural de Cachoeiro de Itapemirim, foi convidado para tomar conta da propriedade por Dom Emanuel, que queria alguém de origem italiana.

O convite veio a propósito: sem terra bastante para o cultivo, papai aceitou-o de bom grado.

DOIS CONTOS DE RÉIS

Quando chegamos à Fazenda do Salto, não havia vizinhos por perto. Cerca de dois anos depois, para nossa alegria, ali se alojou uma empresa que iria construir uma estrada ligando Anápolis ao norte do estado.

Vendendo capado e produtos da lavoura ao pessoal ali acampado, meu pai juntou dois contos de réis, dinheiro bastante para construir uma boa casa na cidade, para onde mudaríamos quando eu chegasse à idade escolar.

Em abril de 1949, finalmente nos mudamos para a cidade. Depois que saímos, a fazenda foi decaindo, até que, passados alguns anos, nada mais restou.

GRUPO ESCOLAR

De papai tomando lições, aprendi a ler, escrever e fazer as quatro operações em casa, antes mesmo de entrar para a escola. Fiz o primário no Grupo Escolar João Mendes, prédio inspirado no estilo *art déco*.

O grupo era assim nomeado em homenagem ao fazendeiro que doou os recursos com os quais foi construído, situado na Rua da Bagagem, esquina com a Rua do Asilo, e distante cerca de 150 metros de minha casa.

Fui matriculado no 1º ano B, saltando o preparatório, com o que ganhei um ano letivo. Foram minhas professoras: Mizzita, também diretora da escola; sua prima Goiany; Julieta; bem como Elisabete e Ivete, filhas de Geraldo Campos, entre outras.

RUA DA BAGAGEM

Minha morada ficava na Rua da Bagagem (hoje Rua Francisco Miranda), em referência ao córrego do mesmo nome, que deságua no rio Corumbá. Geraldo Campos, André Curado, José Silvestre, Edilberto Paiva, Francisco Miranda e Benigno Teles eram meus vizinhos.

Foram meus colegas de infância, entre outros: Antônio Pereira Pinto (Tonzinho), João Miranda (João de Chico), José Miranda (Zé de Chico), José Teles, Licínio Paiva, Manoel Pereira Pinto (Neguinha), Ramon Curado e Vivaldo Paiva.

BOLA DE FUTEBOL

Eu tinha uma bola de futebol, feita de couro, que ganhei de presente de meu tio Virgílio, meu tio paterno, quando papai o visitou no Rio de Janeiro. Eu era o único dos meninos da cidade a possuir uma bola desse tipo e, por isso, os colegas me bajulavam. Quando eu não queria mais jogar, tirava a bola de campo e o jogo acabava.

POÇO DA BRANDINA

Aprendi a nadar no córrego da Bagagem, que deságua no rio Corumbá. Frequentei depois o Poço da Brandina, do mesmo rio, onde velhos, moços e meninos tomavam banho nus, protegidos pela mata.

Propício à natação, o poço media de 3 a 6 metros de largura. No trecho mais fundo havia uma pedra, de onde os nadadores costumavam saltar.

POÇO DO JOÃO DURO

A cerca de 200 metros acima do Poço da Brandina ficava o Poço do João Duro, assim chamado porque ali morreu afogado um jovem chamado João, que saltou de um barranco e encalhou numa pedra que havia no fundo. Depois dessa tragédia, ninguém tinha coragem de tomar banho no sinistro valão.

MISSA AOS DOMINGOS

Aos domingos, eu frequentava a missa na Igreja Nossa Senhora da Penha, uma construção de meados do século XVIII, com paredes de taipa de pilão de 1 metro de espessura.

Na frente da igreja, ficavam as mulheres e as crianças; atrás, os homens, de pé e vestindo paletó e gravata. A missa, em latim, obedecia ao rito tridentino, com o celebrante de frente para o altar e de costas para os fiéis.

Acima, do lado oposto ao altar, ficava o coro, onde um harmônio arfava melodias ao som dos acordes competentemente tirados por Ione. Um coral formado por senhoras da sociedade corumbaense, entre as quais Doxinha e Quetinha, completava a cena.

FESTA ESCOLAR

No encerramento do ano letivo, sempre havia festa escolar, quando comumente se representavam números no palco. Em 1949, quando nos mudamos para a cidade, encenou-se uma tragédia, ensinada por minha mãe – que era dotada de bela voz e bom ouvido musical – às alunas da escola.

A peça consistia em dois atos cantados.

1º ATO

(Juliana, noiva de João Jorge, e Mariana, sua mãe, na sala).

Mariana: — Juliana, por que estás triste, o que foi que aconteceu? *(bis)*

Juliana: — É por causa do João Jorge, que com outra vai se casar. *(bis)*

Mariana, olhando pela janela: — Lá vem o João Jorge, montado num cavalinho. *(bis)* Ele vem tão apressado que até a poeira cobre o caminho. *(bis)*

2º ATO
(Na sala, Juliana, Mariana e João Jorge)

Juliana: — João Jorge, me dá licença de ir ali naquele sobrado? *(bis)* / Vou buscar um cálice de vinho, que para ti tenho reservado. *(bis)*

João Jorge, sentado numa cadeira, toma o vinho, cantando em seguida: — Juliana, por que trouxeste este cálice de vinho? *(bis)* / Eu bebi com tanta vontade que nem enxergo mais o caminho. *(bis)*

Sua cabeça pende para trás, morto.

Juliana, triunfante, canta à mãe: — Nem comigo, nem com a outra o João Jorge vai se casar. *(bis)*

Cai o pano.

> Trechos no DVD Memórias:
> Faixa 5 - Tragédia de Juliano e João Jorge

OUTRA CANÇÃO

Outra canção, ensinada por minha mãe e apresentada na escola, foi "Avante, soldados".

"Avante, soldados, o lobo a caçar (bis)
Por vales e montes, por terra e por mar!" (bis)

> Trecho no DVD Memórias:
> Faixa 6 - A caça do lobo

BRIGA DE MENINOS

Quando dois meninos brigavam, juntavam-se em volta adultos e adolescentes para assistir e açular. Antes da briga, alguém colocava a palma da mão na frente do rosto dos contendores, dizendo: "Quem for valente, cuspa aqui". Outro soprava, no ouvido de um deles: "Chamou sua avó de bicicleta velha".

Não valia pedra, nem canivete, nem pau; só tapas, socos, pontapés e luta livre.

VENDA DE MEU PAI

Papai tinha um estabelecimento de secos e molhados, em sua morada na Rua da Bagagem, onde vendia, entre outros produtos, arroz, feijão, rapadura, pinga, cerveja, fumo em rolo e doces que mamãe fazia. Quando não estava na escola, eu o ajudava na venda.

Alguém comprava um pedaço de fumo e picava-o na palma da mão com um canivete, sem pressa, num verdadeiro ritual. Enrolava-o numa folha de palha de milho e molhava as bordas com saliva, para colar.

Estava pronto o cigarro, que era acendido com um isqueiro a gasolina ou uma binga, que consistia numa ponta de chifre com chumaço de algodão, que era aceso pelas chispas da pederneira, percutida com um ferrinho.

Nesse meio-tempo, outro bebeu, cuspiu, pagou, sumiu...

JOGO DE FUTEBOL

Aos domingos sempre havia jogo de futebol, e frequentemente o time de Corumbá jogava contra o da Vendinha, uma vila do município. A torcida corumbaense gritava em coro: "É canja, é canja, é canja de galinha, arranja outro time pra jogar com a nossa linha!".

A RAPARIGA

Na cidade, havia uma meretriz que costumava passar pela minha rua em direção a uma bica, onde ia lavar roupas. Quando me mudei para lá, não sabia o que era uma prostituta ou rapariga. Um amigo me disse: "Aquela é a rapariga", e explicou-me o que ela fazia. Fiquei admirado que alguém pudesse se entregar por dinheiro.

ANÁPOLIS

Amiúde, meu pai ia a Anápolis de caminhão, ora no de Geraldo Campos, ora no de Quinzinho, para fazer compras. Às vezes eu ia com ele e ficava admirado com o tamanho e o movimento da cidade.

CÃO HIDRÓFOBO

Não era raro surgir na cidade um cão hidrófobo, facilmente reconhecível porque espumava pela boca. Quando isso acontecia, geralmente alguém o matava com um tiro na cabeça.

Se o animal tivesse mordido alguém, a vítima deveria logo tomar vacina antirrábica para não contrair raiva, doença que causa morte lenta e extremamente dolorosa.

A PINDAÍBA

Certa vez, presenciei o transporte de um defunto na pindaíba, que consistia em duas varas paralelas, tiradas da árvore de mesmo nome, das quais pendia um lençol que balançava de um lado para outro e que vergavam ao peso do corpo. Esse transporte era também conhecido como banguê.

Na ocasião, dois homens levavam o morto nos ombros ao cemitério. O campanário passou a tocar o dobre de finados. Fiquei impressionado com a cena, à qual nunca havia assistido.

LUZ ELÉTRICA

Uma usina pertencente a Juquinha Curado fornecia luz elétrica à cidade. Um tanque, localizado próximo de casa, alimentava as turbinas, que eram operadas pelo eletricista Francisco Miranda, meu vizinho.

A iluminação das ruas era precária; às 21 horas, apagavam-se as luzes, e a cidade ficava às escuras. Em compensação, via-se o céu esparzido de estrelas, sempre um belo espetáculo.

LOBISOMEM E OUTRAS HISTÓRIAS

Dizia-se que o lobisomem aparecia em noites de lua cheia. Seria um bicho medonho, metade homem, metade lobo, que inspirava pavor a quem o visse.

Igualmente se falava em assombração, que surgiria em noites escuras, assustando a quem passava. Às vezes era a folhagem, revolvida pelo vento, a origem da crença em coisas do outro mundo.

Ainda se acreditava em casas mal-assombradas, que existiriam mormente em sítios remotos. Falava-se também em mula-sem-cabeça, que resultaria de coito danado, isto é, da união de mulher com padre.

SAPATARIA

Em frente de casa, funcionava a sapataria de Edilberto Paiva, que produzia calçados e os fornecia às lojas de Corumbá e outras cidades. Sua oficina era organizada nos moldes de uma corporação de ofício, com Edilberto no papel de mestre, Geraldo (apelidado de "Nego"), o filho mais velho, no de oficial, e os demais filhos, no de aprendizes.

O estágio inicial consistia em fazer a broa, como se chamava o salto do sapato. Em seguida, vinha a sola, sua fixação no corpo do calçado e o arremate na forma. Edilberto desenhava o molde, enquanto Nego trabalhava no acabamento.

LAMBARI E PIABA

Frequentemente eu ia pescar lambari e piaba no córrego da Bagagem, usando uma vara de bambu-jardim e anzol-mosquitinho. Minhocas serviam de isca, pois eram encontradas em abundância ao cavar superficialmente o chão de minha casa.

Os peixes capturados eram enfiados pela guelra numa vara e, em casa, eu os assava na brasa, saboreando com prazer uma apetitosa iguaria.

PRAPITINGA

Às vezes, eu ia pescar prapitinga no rio Corumbá, um peixe de correnteza, muito arisco e difícil de fisgar. Quando fisgado, ele se debate muito, vergando a vara e causando emoção ao pescador.

Para pescá-lo, eu usava uma vara reforçada, linha de náilon, anzol para peixe graúdo e isca de mandruvá, uma lagarta verde que vive na folhagem do pé de fumo.

BRINCANDO APÓS O RECREIO

Certa vez, no recreio, os alunos estavam brincando com minha bola de futebol quando soou a campainha para que formássemos fila, a fim de retornar às salas de aula.

Alguns meninos continuaram jogando após o toque de recolher. A professora Goiany, do alto da escadaria por onde passava a fila, pediu que entregassem a bola, ameaçando (certamente não a sério) que iria recortá-la com uma navalha.

Não quis arriscar: cheguei perto da professora e bati-lhe na mão que segurava a bola, que quicou. Imediatamente a peguei e saí correndo. Em seguida, retornei à sala de aula, por sinal ministrada pela própria Goiany.

JEROMÃO

Terminada a aula, disse a professora Goiany que eu deveria permanecer na sala. Em vez de obedecer, saí disparado com a bola pelo corredor em direção à porta de saída, vigiada por Jeromão, apelido dado pelos alunos ao porteiro da escola Jerônimo Curado, que era um homem alto e esguio.

A professora gritou-lhe: "Segura, seu Jerônimo!", que ficou de pernas abertas, com um pé de cada lado do batente da porta. Passei por baixo das pernas de Jeromão, que bradou, boquiaberto: "Oh! Menino desgraçado!".

Fui correndo para casa! Em seguida, chegaram Goiany e Mizzita, a diretora. Escondi-me antes que pudessem me ver, e, na presença de minha mãe, elas gritavam, para que eu ouvisse, dizendo que não me queriam fazer mal, mas não apareci.

CARIMBADA

Na escola, na hora do recreio, jogava-se carimbada. A brincadeira consistia em dois times (de um lado, os meninos; de outro, as meninas) e uma bola de borracha.

A bola era lançada contra um dos adversários, que tinha de segurá-la ou, alternativamente, desviar-se. Se fosse atingido, era eliminado, e assim sucessivamente, até que se eliminassem todos os componentes de uma das equipes. A que permanecesse com um ou mais jogadores ganhava a partida.

CAÇA

Francisco Miranda e alguns companheiros frequentemente saíam à noite para caçar. Geralmente voltavam com alguma caça, ora paca, ora tatu, às vezes uma perdiz, entre outros animais.

No dia seguinte, a caça era cozida ou assada, sendo generosamente dividida com os vizinhos. Eu saboreava com prazer a parte que me cabia.

MANGABA

Às vezes, eu acompanhava Francisco, sua esposa Maria Miranda e seus filhos Alípio, Sebastiana, José, João e Maria José em um passeio para chupar mangaba, uma fruta silvestre, leitosa e doce, que nascia nas proximidades do rio Corumbá, nas cercanias do Salto.

Levantávamos cedo e caminhávamos cerca de 15 quilômetros até chegar ao local apropriado, onde eu saboreava as frutas com prazer. Por volta das 4 horas da tarde, voltávamos para casa, cansados e satisfeitos. Era um passeio agradável, que deixou muitas saudades.

CINE ESMERALDA

De quando em quando, havia filme no Cine Esmeralda, comumente de caubói. Eu fazia parte de um grupo de meninos que saíam pelas ruas da cidade fazendo propaganda. Um gritava: "Hoje tem cinema", e os demais respondiam: "Tem, sim, senhor!".

Com isso, entrávamos sem pagar. A meninada sentava-se na bancada da frente ou no chão, e os adultos, atrás.

Os adolescentes logo entendiam a cena. Os maiores ficavam boiando, ou melhor, a ver navios, e todos aplaudíamos quando o mocinho trocava socos com o bandido e ganhava a parada – como de hábito, aliás.

Quando o galã beijava a mocinha, normalmente um beijo casto, a petizada gritava em coro: "Um a zero, um a zero, um a zero!". Ao segundo beijo: "Dois a zero, dois a zero, dois a zero!", e assim por diante.

O MÁGICO

Certa vez, um mágico apresentou-se no Cine Esmeralda. A sala estava apinhada, com todos querendo assistir às manigâncias. Entre outros números, o prestidigitador fazia desaparecer moedas, pombos e coelhos.

Os meninos, sentados na frente, descobriam alguns dos truques do mágico, que se limitava a esboçar um sorriso maroto. Uma das cenas mais dramáticas foi quando ele passou a engolir pedaços de lâminas de barbear, acompanhados de goles d'água para facilitar a deglutição.

FISCAL DE VENDAS

Vez por outra, os comerciantes da cidade recebiam a visita do fiscal do imposto de vendas do estado, o qual não era particularmente temido, pois, quando aplicava multas, eram de pequeno valor. Suspeita-se que recebia propina.

FISCAL DE CONSUMO

Já o fiscal do imposto de consumo, da órbita federal, causava medo nos negociantes. Com um olho clínico, sabia exatamente o que procurava. Sentado numa cadeira, do lado de fora do balcão, não se dava ao trabalho de entrar.

Pedia que lhe apresentassem tais e tais produtos, como pedras de isqueiro e garrafas de aguardente, para verificar se portavam o selo de consumo ou se os tinham em valor suficiente.

Era incorruptível, segundo se dizia, e suas multas eram pesadas. Vinha de motocicleta, numa época em que poucos possuíam esse meio de transporte. A notícia de sua visita iminente corria de cidade em cidade.

RÁDIO NACIONAL

Naquele tempo, não havia televisão, somente rádio, que precisava de uma grande antena instalada do lado de fora da casa ou no telhado. A principal transmissora era a Rádio Nacional, a que todos ficavam antenados.

Papai tinha um rádio na venda, que estava sempre sintonizado na Rádio Nacional. Ouviam-se, entre outros, Ângela Maria, Dalva de Oliveira, Francisco Alves e Luiz Gonzaga.

TRUCO

Benigno Teles gostava de reunir alguns amigos em sua casa para jogar truco. Aos goles de uma boa cachaça, alguém gritava: "Truco!", e outro replicava, mais alto ainda: "Truco, seu filho da mãe!". Algum jogador estava blefando, claro, o que faz parte do jogo.

Eu adorava assistir às noites animadas na casa de Benigno. Diva, sua mulher, servia cafezinho e quitute aos visitantes.

CATIRA

Na dança da catira, de caráter folclórico, o ritmo 6/8 é dado pela batida das mãos e dos pés dos dançarinos. São normalmente dez dançarinos, acompanhados por uma dupla de violas.

> Trecho no DVD Memórias:
> Faixa 7 – Catira (vídeo)

CONGADA

Outra manifestação folclórica é a congada, um bailado com canto e música de origem africana, representando o encontro do rei do Congo, sua corte e soldados com os membros de uma missão diplomática de Angola. Nessa dança, o ritmo é dado pela bateria, que percute em compasso binário (2/4).

> Trecho no DVD Memórias:
> Faixa 8 – Congada (vídeo)

FESTA DO DIVINO

Todos os anos, por ocasião da festa de Pentecostes, realiza-se a celebração do Divino, que dura vários dias e reúne foliões vindos da área rural, especialmente da Fazenda do Baião. São homens e mulheres com trajes coloridos, cantando hinos em homenagem ao Espírito Santo, como "A porta do céu abriu":

"A porta do céu abriu e apareceu um véu,
É o Divino Espírito Santo, que vem descendo do céu."

> Trecho no DVD Memórias:
> Faixa 9 – Festa do Divino

O MÉDICO

Oswaldo Curado, formado pela Faculdade Nacional de Medicina no Rio de Janeiro, era o médico de Corumbá e amigo do pessoal lá de casa. Sua residência, onde também clinicava, era a mais bela da cidade.

O DENTISTA

Já Antônio, dentista prático, era temido pela clientela, pois extraía dentes molares com o boticão, um procedimento primitivo e extremamente doloroso.

Para tornar mais eficiente o trabalho de extrair um dente molar, apoiava um dos pés na cadeira onde estava sentado o paciente e a forçava na direção oposta, para ajudar na extração do dente do infeliz, que urrava de dor.

COROINHAS

Ari, Odilon, Ramon e eu éramos coroinhas do Padre Carlos, vigário da paróquia de Corumbá. Usávamos uma túnica vermelha e sobrepeliz branca, uma bela vestimenta.

CAVALHADAS

Anualmente, apresentam-se em Corumbá as tradicionais Cavalhadas, que simbolizam a luta entre mouros e cristãos no tempo de Carlos Magno. São doze cavaleiros de cada lado, chefiados pelo rei dos mouros, o sultão Salgado, e pelo rei dos cristãos, o imperador Carlos Magno.

Edmir, exímio cavaleiro, fazia o papel de soldado mouro. Foi cavaleiro dos 19 aos 78 anos, portanto, durante 60 anos. Mesmo não sendo rei – e nunca aspirou ao cargo –, era ele quem promovia e animava as festas. Viveu até 2012, falecendo, pois, aos 93 anos.

Alto, atlético, porte nobre, cabelos louros, barba ruiva, tez rosada e olhos profundamente azuis, Edmir parecia um visigodo montado em todo o esplendor de sua personalidade.

Os mouros usam trajes vermelhos e os cristãos, trajes azuis, ambos ricamente adornados. A luta começa com o envio de uma embaixada de cada uma das partes, que tenta convencer a outra a converter-se à sua religião.

AS BATALHAS

Malogradas as negociações diplomáticas, mouros e cristãos concordam em decidir o caso por meio de batalhas, sendo os vencidos obrigados a adotar a religião dos vencedores. A encenação, que se realiza numa área adrede preparada, dura 3 dias, cerca de 3 horas por dia.

***

No primeiro dia, já começam as batalhas, com os cavaleiros a galope, terçando armas ao som da Banda 13 de Maio e ao rufar dos tambores, que percutem em ritmo binário (galope curto) ou ternário duplo (galope longo), sincronizados com a batida quadrupedante das patas equinas.

No segundo dia, os cristãos vencem os mouros, que se convertem ao cristianismo. A banda ataca "O murmurar da cachoeira".

> Trechos no DVD Memórias:
> Faixa 10 – O murmurar da cachoeira
> (orquestrada)

No terceiro dia, mouros e cristãos se confraternizam, apresentando números acrobáticos, tais como retirar com a lança, a todo o galope, uma argola pendurada num arco de madeira bem alto.

> Trecho no DVD Memórias:
> Faixa 11 – Cavalhadas (vídeo)

OS MASCARADOS

Nas Cavalhadas, antes, durante o intervalo e depois das batalhas, entram em cena os mascarados, com suas montarias e pantomimas. Percorrem as ruas da cidade com suas patuscadas, alguns com a cabeça adornada com um par de chifres de boi, o rosto encoberto por máscaras e a voz distorcida para não serem reconhecidos, pois costumam criticar as autoridades, os comerciantes e outros figurões locais.

PEDRO LUDOVICO

Pedro Ludovico foi governador de Goiás de 1930 a 1945 e candidato à reeleição de 1949. Em suas campanhas, o político cantava este *jingle* um tanto cínico, mas considerado normal para os padrões da época:

"*Eu plantei feijão-de-corda, numa panela de arroz;
doutor Pedro é bom pros pobres, quem dirá para os doutor.*"

> Trecho no DVD Memórias:
> Faixa 12 – Pedro Ludovico

GETULIO VARGAS

Getulio Vargas, ex-ditador do Brasil, foi eleito Presidente da República em 1949. No carnaval do ano seguinte, escutava-se a marchinha "Bota o retrato do velho":

"Bota o retrato do velho,
Bota no mesmo lugar.
Bota o retrato do velho,
Bota no mesmo lugar.
O sorriso do velhinho faz a gente trabalhar
O sorriso do velhinho faz a gente trabalhar."

Em 1º de maio de 1950, Dia do Trabalho, Vargas fez um discurso em homenagem aos trabalhadores, transmitido pela Rádio Nacional, que assim começava: "Trabalhadores do Brasil, hê, hê, hê!". A frase, claro, foi pronunciada com o típico acento gaúcho e acompanhada de uma sonora risada, passagem parodiada por Oscarito em um filme (*O Sputnik*).

SÁBADO DE ALELUIA

No sábado de aleluia, além da tradicional malhação do Judas, era comum uma brincadeira de meninos que envolvia uma bolinha feita de parafina atada a um barbante. Os garotos agitavam a bolinha no ar, gritando: "Aleluia, aleluia!". Vez por outra, era lançada na cabeça de algum incauto, que gritava de dor; nesses casos, uma brincadeira de mau gosto.

CANOEIRO

Nego, filho de Ediberto, gostava de cantar enquanto trabalhava na sapataria. Uma de suas canções favoritas era "Canoeiro", na voz de Tião Carreiro e Pardinho:

"Domingo de tardezinha
Eu estava mesmo à toa
Convidei meu companheiro
Pra ir pescar na lagoa
Levamos rede de lance
Ai, ai, fomos pescar de canoa!
[...]
Fui descendo rio abaixo
Remando minha canoa
Eu entrei numa vazante
E fui sair noutra lagoa
É o remanso do Rio Pardo
Ai, ai, a pescada estava boa!"

TELÉGRAFO

Na agência dos Correios situada na rua da Bagagem, um funcionário recebia e transmitia telegramas em código Morse, que consiste num conjunto de traços e pontos representativos de letras e algarismos. Só os iniciados entendiam a escrita. A profissão de telegrafista era, aliás, muito valorizada, e era preciso prestar concurso para ocupar o cargo.

PADRE BONOTTI

Em 1951, esteve em Corumbá o Padre Bonotti, torista, que reuniu os meninos da cidade na Igreja Matriz e lhes narrou belas palavras, contando várias histórias. Falou sobre a vida no seminário, acrescentando que lá os alunos encontravam colegas da mesma idade para brincar.

Disse, ao final: "Quem quer ser padre, levante a mão". Havia uns quarenta adolescentes assistindo à palestra, e só eu levantei a mão. Vendo meu pequeno tamanho e minha tenra idade, comentou: "Você ainda precisa comer muito feijão antes de ir para o seminário!".

Meses depois, recebemos em casa outro sacerdote redentorista, o Padre Clóvis, para me entrevistar. Estando presentes papai e mamãe, ele indagou sobre minha disposição de ir para o colégio religioso. E eu confirmei. Meus pais assentiram, contentes, à minha decisão.

SEMINÁRIO SÃO JOSÉ

Em fevereiro de 1952, fui estudar no Colégio São José, um estabelecimento redentorista (hoje, um colégio estadual) que ficava em Campinas, bairro de Goiânia.

Só havia duas classes: o preparatório e a primeira série, na qual me matriculei.

Os aprovados na primeira série eram considerados aptos a mudar para o Seminário Santo Afonso, em Aparecida (SP), pois o Seminário São José pertencia à província de São Paulo.

NATAL DE 1957

Tendo deixado o Seminário Santo Afonso, após cinco anos voltei para Corumbá em dezembro de 1957, antes do Natal. Lembro-me da Missa do Galo, em que o coro cantava "Róseo menino", que aqui reproduzo parcialmente:

"Róseo menino, cheio de luz,
Nós te adoramos, Cristo Jesus,
Nós te adoramos, Cristo Jesus.
Entre as palhinhas, choras de dor,
Pobre e inocente, cheio de amor."

> TRECHO NO DVD MEMÓRIAS:
> FAIXA 13 – RÓSEO MENINO

RUMO A BRASÍLIA

No final de dezembro de 1957, após o Natal, fui com o meu pai e meu irmão João Álvaro a Brasília, mais precisamente à Cidade Livre, como então se chamava o atual Núcleo Bandeirante, para onde mais tarde nos mudaríamos.

Em março de 1958, mudamo-nos (meus pais, meus irmãos e eu) para Brasília, com armas e bagagem numa viagem de caminhão. Papai vendeu a casa de Corumbá, pois precisava de capital para abrir um negócio na Cidade Livre, que se chamaria Armazém Capixaba.

ANDRÉ CURADO

Na Rua da Bagagem, esquina com a Praça da Matriz, ficava a residência de André Curado, um belo sobrado de estilo colonial que existe até hoje. Alto e esguio, era um homem fino, a quem eu costumava visitar.

    Foi prefeito de Corumbá duas vezes, e era pai de Edmir, que auxiliou e sucedeu André na loja de armarinhos, situada na mesma praça.

EDMIR E SUA LOJA

Edmir Curado, casado com Olga, teve três filhos: Ramon, Dora e Ramir, além de uma filha de criação, chamada Rosaura.

    Em 1959, quando seu pai, André, já havia falecido, mudou sua loja para o prédio em *art déco* que construiu na Praça da Matriz.

CORONEL FELIM

Antônio Félix Curado, coronel da Guarda Nacional, mais conhecido como Coronel Felim, era o proprietário de uma grande e movimentada casa comercial situada na Praça da Matriz.

    Os fregueses, vindos da área rural, amarravam seus cavalos em frente ao estabelecimento do Coronel, assim como também o faziam em frente à loja de Edmir, que lhe era vizinha.

RUTÍLIO

O rutílio, espécie de quartzo bastante empregado na indústria de navios, especialmente na fabricação de seus cascos, foi muito usado na Segunda Guerra.

Eu colhia o material num regato próximo de casa e o vendia a bom preço, pois valia um bom dinheiro o quilo. Mas juntar 1 quilo do minério requeria algumas horas de trabalho. Como o dinheiro era escasso na época (segunda metade dos anos 1940), esse era um meio honesto, mas laborioso, de obter alguns caraminguás.

BOTINAS

Em vez de sapatos, a maioria dos homens usava botinas. Eu tinha um par feito sob medida na sapataria de Edilberto, que eu usava para ir à escola ou à missa. Na maior parte do tempo, eu andava descalço, o que é um hábito saudável.

ASCENDINA

Ascendina, filha de Belizária e viúva do fazendeiro João Paulino, já referido, era minha amiga e, certa vez, presenteou-me com uma caixa de doze lápis coloridos, uma raridade, pois a maioria dos alunos usava uma caixa com apenas seis lápis de cor.

Em 1949, após ter morado na casa paroquial, morei também alguns meses na residência de Ascendina, enquanto minha casa na cidade não estava pronta.

SANFONA PÉ DE BODE

A sanfona pé de bode requer grande habilidade do tocador, pois, apesar de sua aparente simplicidade, com oito baixos apenas, é de execução mais difícil do que um acordeom de 120 baixos.

Na primeira, para tocar dó, mi ou sol, pressiona-se o fole; e expande-se este para as notas ré, fá, lá e si. Por exemplo: pressionando-se o fole com o botão da nota dó apertado, soa o dó; apertado o mesmo botão, mas expandindo-se o fole, soa a nota ré.

VIOLA CAIPIRA

A viola caipira, que tem a caixa de ressonância feita de pinho, anima as festas da cidade. Eu gostava de ouvir, entre outras canções, a "Tristeza do Jeca":

"Eu nasci naquela serra
Num ranchinho beira-chão
Todo cheio de buraco
Onde a lua faz clarão.

Quando chega a madrugada
Lá no mato, a passarada
Principia um baruião.

Nesta viola eu canto e gemo de verdade
Cada toada representa uma saudade."

PASSEIOS VESPERTINOS

Diariamente, ao pôr do sol, havia os passeios na Rua da Bagagem. Gente bem-vestida passava em frente à minha casa, em direção ao bairro dos Leites.

Vinham marido e mulher, a mulher segurando o braço do marido, e cumprimentavam meu pai, que ficava sentado numa cadeira colocada na frente de casa e lhes respondia à saudação: "Boa tarde, Fulano. Boa tarde, Beltrano".

BANDA DE MÚSICA

A banda de música de Corumbá, a Corporação 13 de Maio, a mais antiga de Goiás, era ensaiada pelo maestro Garibaldi. Entre os músicos estava meu vizinho e amigo Alípio, filho de Francisco Miranda.

Alípio, que tocava trombone, ensinou-me a ler partituras e a cantar à primeira vista, o que me foi muito útil em minha vida de cantor.

TEMPO DE NATAL

A Missa do Galo, celebrada à meia-noite do dia que precede o Natal, era frequentada pela maioria das pessoas de Corumbá. Ao som do harmônio executado por Ione, um coro entoava os cânticos.

Na véspera desse dia, as crianças colocavam sapatos nas janelas da casa para receber presentes do Papai Noel. As crianças ricas ganhavam presentes ricos; as crianças pobres, presentes pobres.

Naquele tempo, achava-se natural haver ricos e pobres. Até os 6 anos de idade, quando me mudei para a cidade, ainda acreditava em Papai Noel.

CERVEJA NA AREIA

Não havendo geladeira, conservavam-se as garrafas de cerveja na areia, e os fregueses costumavam consumir a bebida assim resfriada. Na época, bebia-se Antarctica Faixa Azul, ora de casco verde, ora de casco escuro.

BAR DO ANÉSIO

No Bar do Anésio, que ficava em frente à escadaria do Cine Esmeralda, alguns bebiam cerveja, enquanto outros fumavam cigarro de papel ou de palha, o que me faz lembrar esta parte de um poema de Augusto dos Anjos, intitulado "Versos íntimos":

"Toma um fósforo. Acende teu cigarro!
O beijo, amigo, é a véspera do escarro,
A mão que afaga é a mesma que apedreja.
Se a alguém causa inda pena a tua chaga,
Apedreja essa mão vil que te afaga,
Escarra nessa boca que te beija!"

Ali havia uma sinuca, e era Luizinho, filho de Anésio, o melhor jogador. Tinha um defeito na perna, causado por um caminhão que o atropelou. Apostava com o adversário e, quem perdesse, pagava uma garrafa de cerveja.

Geralmente Luizinho ganhava a parada e, assim, bebia sem pagar. As pessoas gostavam de jogar com ele pelo simples prazer de disputar com um campeão.

A MODA DA MULA PRETA

A Rádio Nacional tocava Luiz Gonzaga, que, com seu baião, era bastante popular na década de 1950. Conhecida era sua canção "A moda da mula preta", também uma das preferidas de Nego, filho de Edilberto Paiva:

"Eu tenho uma mula preta, com sete palmos de altura, ai, ai, ai
A mula é descanelada, tem uma linda figura, ai, ai, ai
Tira fogo na calçada, no rompão da ferradura, ai, ai, ai
Com morena delicada, na garupa faz figura, ai, ai, ai
A mula fica enjoada, pisa só de andadura."

MEL

À vezes, no quintal de casa, eu encontrava mel de abelha silvestre, ora de papa-terra, que dá no chão, ora de jataí, que dá no galho de uma árvore.

Eu logo reconhecia a colmeia da papa-terra, porque tem uma entrada no chão, feita de cera, parecendo um formigueiro. Era só cavar em volta e tirar os favos por inteiro. A de jataí eu tirava com uma vara, e, em ambos os casos, lambuzava-me do produto.

BERNARDO ELIS

Bernardo Elis, nascido em Corumbá, foi eleito para a Academia Brasileira de Letras em 1975. Foi também o único escritor goiano a receber tal galardão, o que é uma honra para a cidade e para o estado.

JOSÉ J. VEIGA

Em Corumbá também nasceu o escritor José J. Veiga, famoso por seus livros. *Os cavalinhos de Platiplanto*, publicado em 1959, foi traduzido para oito idiomas.

HINO DE CORUMBÁ

O Hino Oficial de Corumbá, composto por Benedito Odilon Rocha, tem como refrão:

"Oh Corumbá! Oh Corumbá!
Terra de heróis; Canaã querida
Oh Corumbá! Oh Corumbá!
Tu és o sonho mais lindo da vida."

SÍMBOLOS DA CIDADE

O brasão e a bandeira de Corumbá, de autoria de Ramon Curado e Luís Reginaldo Fleury Curado, foram idealizados em 1965, a partir de uma pesquisa histórica feita por eles. Os símbolos foram desenhados por Lúcia Curado e pintados por Maria de Lourdes Curado.

PROCISSÃO DO SANTÍSSIMO

A Procissão do Santíssimo, que ocorre por volta das 7 horas da noite, por ocasião da festa de *Corpus Christi*, consiste em conduzir o andor com o hostiário pelas ruas da cidade, acompanhado do canto dos fiéis: "Bendito, louvado seja, bendito, louvado seja, o Santíssimo Sacramento; e os anjos, todos os anjos, louvem a Deus para sempre, amém".

> TRECHO NO DVD MEMÓRIAS:
> FAIXA 14 - PROCISSÃO DO SANTÍSSIMO

COLETE PRETO

Segundo João Badico, havia antigamente, em Corumbá, um sacristão, apelidado de Colete Preto, que ficava furioso quando chamado pelo apelido.

Certa noite, ele ia conduzindo a Procissão do Santíssimo, e o coro de fiéis, como sempre, seguia cantando. Quando o sacristão passou em frente à escadaria de acesso ao Cine Esmeralda, os meninos gritaram, em coro: "Colete Preto!". E ele canta, impávido: "Colete preto é a puta que pariu!". E prosseguiu, como se nada tivesse acontecido: "E os anjos, todos os anjos..."

TABUADA

No preparatório, os alunos usavam a tabuada, que consistia num conjunto de tabelas onde se encontravam as quatro operações elementares da aritmética. Era declamada em coro pela classe: "Um e um, dois; um e dois, três; um e três, quatro", e assim por diante.

CASTIGOS ESCOLARES

No meu tempo de Corumbá, ainda eram comuns os castigos escolares. Por exemplo, a professora Goiany costumava chamar o aluno à mesa para lhe tomar a lição do dia. Se errasse, batia-lhe no braço com uma régua, que deixava um sinal vermelho e fazia o aluno corar de vergonha.

Mas a reguada não doía tanto. Na minha época, já não se usava a palmatória, mas era usual deixar o aluno ajoelhado na frente da classe.

A professora Julieta, por sua vez, costumava puxar as orelhas dos alunos, tanto por mau comportamento quanto por errar a lição.

BICAS

Havia várias bicas de água na cidade. A água vinha por uma adutora, que a captava numa represa do córrego da Bagagem, e um rego subterrâneo a transportava até às bicas.

ÁGUAS DO CÓRREGO

As águas do córrego da Bagagem despertam em mim estes versos de Luís Guimarães Junior:

"Sonho com jambos e rosas
Com as madrugadas formosas
Deste formoso sertão
Meu sonho é como a canoa
Que voa, que voa e voa
Nas águas do ribeirão."

SAÚVA

No quintal de casa havia muita saúva, uma praga para a lavoura. Como diria Mário de Andrade: "Pouca saúde e muita saúva, os males do Brasil são".
De quando em quando, meu pai usava formicida para matá-las, e elas desapareciam por algum tempo. Depois sempre voltavam, parece que revigoradas.

PIADAS DE EDILBERTO

Edilberto Paiva era bom prosador, contador de piadas e anticlerical, embora sua mulher e a maioria de seus filhos fossem católicos fervorosos. Um deles, chamado Licínio, foi seminarista.

O vigário de uma paróquia, que tinha um pomar nos fundos da igreja, ficava furioso quando alguém ia roubar frutas em seu quintal. Certa vez, ao celebrar a missa e erguer o cálice na consagração, viu, pelo seu reflexo, um moleque subindo na mangueira. "Desce, diabo! Desce, diabo!", exclamou o vigário para espanto dos fiéis, que ficaram horrorizados com a blasfêmia.

CASA PAROQUIAL

Padre Guilherme era o vigário de Corumbá, com quem, em agosto de 1948, tendo começado as aulas e não estando ainda pronta minha casa na cidade, fiquei hospedado por alguns meses. Em sua residência morava também a mãe, dona Maria.

Recentemente, em agosto de 2016, comprei a propriedade que outrora serviu de casa paroquial. A morada tem cerca de 950 m² de área total, com 300 m² aproximadamente de área construída e um quintal de cerca de 650 m².

Corumbá de Goiás

Padre Guilherme, vigário de Corumbá (1948-1952)

Praça Comendador Antônio Félix Curado, antigo Largo da Matriz, patrimônio histórico nacional. Corumbá de Goiás, fundada em 1730

Corumbá de Goiás

Casa em que o autor morou entre 1949 e 1952

Capítulo 3

Seminário São José

Cheguei ao Seminário São José, da Ordem Redentorista, em fevereiro de 1952, procedente de Corumbá de Goiás, depois de ter ouvido uma palestra do Padre Artur Bonotti no ano anterior. Meu padrinho era o Padre Clóvis.

CLAUSTRO

O estabelecimento, pertencente ao estado de São Paulo, ficava em Campinas, bairro de Goiânia. Guarnecido de muros e arborizado, a bela construção era provida de amplo claustro, onde os estudantes passeavam e jogavam pingue-pongue na hora do recreio. Hoje, o colégio pertence ao município de Goiânia.

Havia, então, duas classes: o preparatório e a primeira série, na qual me matriculei. Os que fossem aprovados na primeira série estavam aptos a estudar no Seminário Santo Afonso, em Aparecida (SP), pois o Seminário São José pertencia ao estado de São Paulo.

ESPORTES

Jogava-se futebol em dois times: o primeiro era dos mais fortes, e o segundo, dos mais fracos. Luigi e Vasco, oriundos de Ipameri, eram os melhores jogadores.

Eu fazia parte do segundo time, até que um dia marquei dois gols contra o adversário. Passei então a jogar no time dos mais fortes, mas minha glória durou pouco. Tendo perdido dois gols fáceis, voltei para o time anterior.

Havia também uma piscina de água corrente, onde costumávamos nadar todos os dias, por meia hora, antes do almoço.

MOLEQUES

De vez em quando, alguns moleques saltavam o muro do colégio para furtar mangas. Certa vez, pegamos vários deles no flagra. Quando os surpreendemos, fugiram, pulando a murada. Peguei uma das mangas maduras e atirei por cima do muro.

A fruta foi cair exatamente na cabeça de um deles, que pôs a cara por sobre o muro e perguntou: "Quem atirou esta manga?". Parecia o Azeitona, da história em quadrinhos, com a fruta escorrendo pelo cabelo e rosto. Escondi-me atrás de uns arbustos, enquanto os demais colegas fugiram. Achamos a cena muito engraçada.

FRANCISCO ALVES

Em 1952, veio a notícia da morte de Francisco Alves, o chamado "rei da voz". Morreu num acidente automobilístico, no trajeto entre Rio de Janeiro e São Paulo, na via Dutra. Foi uma comoção geral. As rádios tocavam o dia inteiro a "Canção da criança", que tem este refrão:

"Criança feliz, que vive a cantar,
Alegre a embalar seu sonho infantil,
Ó meu bom Jesus, que a todos conduz
Olhai as crianças do nosso Brasil!"

PADRE SEBASTIÃO

Padre José Sebastião Schwartzmaier, redentorista, era uma figura extraordinária. Natural da Baviera, na Alemanha, nasceu em 1880 e, após ordenado redentorista, veio para o Brasil em 1911.

Possuía uma cicatriz no queixo, adquirida na guerra, ainda na Alemanha. Conheci-o em 1952, quando se hospedou no Seminário São José. Tinha uma saúde de ferro, nunca pegou sequer uma gripe. Seu prazer era rachar lenha para a cozinha às 5 horas da manhã. Certa vez, um escorpião o picou, e quem morreu foi o escorpião...

Montado num burrico, viajava pelo sertão de Goiás a fim de evangelizar a população rural. Capturava cobras, lagartos, escorpiões, aranhas e abelhas e os remetia ao Instituto Butantã, em São Paulo. Morreu em 1975, aos 96 anos de idade, em Goiânia.

COLEGAS

Além de Luigi e Vasco, já mencionados, foram meus colegas de colégio: Denery, Dequeque, Djalma, Eurípedes (Bequinho), Félix, Ferreira, Gil e seu irmão Ney, Jales e João José, entre outros, que somavam cerca de 40 ao todo.

PADRE JOÃO JOSÉ

Um dia, voltávamos caminhando de uma excursão pelo campo quando João José, de Piracanjuba, gritou: "Ué, um padre!", mas era apenas um toco preto à beira do caminho, queimado pelo fogo.

A turma seguiu gritando, chocarreira: "Ué, ué, ué, olha o Padre João José! Ué, ué, ué, olha o Padre João José!". Nunca mais o vi depois que deixei o educandário. Deve ter voltado para a cidade de origem.

ANO FELIZ

Com vários colegas da minha idade para brincar, passei uma temporada feliz no Seminário São José. Em fevereiro de 1973, mudei para o Seminário Santo Afonso, em Aparecida (SP), junto com Bequinho, Denery, Djalma, Félix, Ferreira, Gil, Jales, entre outros.

Capítulo 4

Seminário Santo Afonso

Cheguei ao Seminário Santo Afonso, também um educandário redentorista, em Aparecida (SP), no mês de fevereiro de 1953, procedente de Corumbá de Goiás, após ter estudado a primeira série no Seminário São José, em Campinas, nome de um bairro de Goiânia.

    O diretor do estabelecimento era o Padre José Ribola. Severo, mas também brincalhão, tão cedo se arreganhava em censuras, quão cedo se abrandava em blandícias com os alunos.

REGIME

O regime era espartano. Sendo Ribola o diretor, levantávamo-nos às cinco da manhã. Depois veio um diretor mais liberal, o Padre Sônego, e passamos a acordar às 5h30.

    Quando me levantava, descia correndo quatro lances de escada até o subsolo, para tomar uma ducha de água fria, e depois subia, também correndo, cinco lances até o terraço, onde fazia ginástica por alguns minutos antes de entrar para a capela. Apenas o colega Leandro me acompanhava nessa façanha.

O banho de chuveiro, sempre de água fria, só era obrigatório às quintas e aos sábados. Aprendi que, para vencer o sistema, é preciso fazer mais do que ele exige, e eu gostava da disciplina colegial.

No tempo de Ribola, às terças e quintas após o almoço, geralmente num sol escaldante, subíamos um morro próximo ao seminário, coberto de capim-gordura, com o Padre Ribola à frente. Eu ia em seu encalço, incentivando-o a continuar. No entanto, isso era apenas uma estratégia para cansá-lo e terminar logo o passeio, que durava cerca de uma hora.

Voltávamos extenuados ao colégio, onde, em seguida, seguíamos para as salas de estudo.

PADRE AZEVEDO

Sempre brincalhão, o Padre Azevedo, professor de religião e conselheiro espiritual, um dia contou aos seus alunos ter participado de um congresso de sacerdotes em Piracicaba. Comportando-se como colegiais, deitavam-se em dormitório coletivo. Certa noite, alguém soltou um "pum" ruidoso. Outro exclamou: "Artilharia pesada!", e foi uma gargalhada geral.

Em outra ocasião, Azevedo estava reunido com seus colegas na sala de estar da clausura. Perto, alguém dedilha um piano. Um dos presentes pergunta o que estão tocando. "É música de Encharkovisky", diz Azevedo. Foi uma risada homérica.

PADRE FERNANDO

Já o Padre Fernando, professor de geografia, gostava tanto de futebol que, segundo ele próprio dizia, queria que os dois times perdessem...

O CAJU

Caju era um livro onde se anotavam as faltas dos alunos. Por exemplo, era considerada falta grave tocar em alguém. No jargão seminariano, o toque era chamado "tocadeira".

Dizem que a Igreja é sábia porque é velha. Assim, os padres cortavam o mal pela raiz. Entre um simples toque amistoso e um toque sensual há apenas uma linha tênue. Externamente ambos são iguais, o que muda é a intenção.

Duas vezes ao mês, aos domingos à noite, reuníamo-nos no auditório, onde o padre diretor lia o Caju. Dizia, por exemplo: "Fulano praticou tocadeira", "Beltrano falou após o toque de silêncio."

TURMAS

Em 1954, os seminaristas – aproximadamente 300 alunos ao todo – eram divididos em três turmas, incomunicáveis entre si. Cada turma tinha o seu zelador, escolhido pelo padre diretor entre os seus componentes. Cabia ao zelador anotar as faltas, que depois eram transcritas no Caju.

PADRE RODRIGUES

Professor de português, o Padre Rodrigues era um homem espirituoso. Quando, no exercício da redação, alguém apresentava uma escrita ilegível, dizia que só Champollion, que decifrou os hieróglifos egípcios, podia interpretar os garranchos.

Tornou-se bispo de Juazeiro, na Bahia, com o título de Dom José Rodrigues, e fazia oposição ferrenha a Antônio Carlos Magalhães, governador do estado, que tinha de engolir os sapos da autoridade eclesial sem tugir nem mugir.

CORAL

O coral do Seminário, do qual era regente o Padre Viessi, era composto de aproximadamente 60 vozes, distribuídas entre soprano, contralto, tenor e baixo.

Passei a fazer parte do coral após um teste com o padre regente. Comecei como soprano, depois contralto e, tendo mudado de voz, mais tarde cantei como tenor.

O repertório variava do canto lírico ao popular, com ênfase no canto lírico. Entoávamos, entre outras, a canção *"Va pensiero"*, da ópera *Nabucco*, de Giuseppe Verdi:

"Va, pensiero, sull'ali dorate
Va, ti posa sui clivi, sui colli
Ove olezzano tepide e molli
L'aure dolci del suolo natal!

Del Giordano le rive saluta
Di Sionne le torri atterrate.
O mia patria, sì bella e perduta
O membranza sì cara e fatal!

Arpa d'or dei fatidici vati,
Perchè muta dal salice pendi?
Le memorie del petto riaccendi
Ci favella del tempo che fu!

O simile di Solima ai fati
Traggi un suono di crudo lamento;
O t'ispiri il Signore un concento
Che ne infonda al patire virtù!"

> Trecho no DVD Memórias:
> Faixa 15 – Va pensiero

Cantávamos também "*La vergine degli angeli*", da ópera *La forza del destino,* do mesmo compositor:

"*La vergine degli angeli*
Mi copra del suo manto
E me protegga vigile
Di dio l'angelo santo.

La vergine degli angeli
E me protegga,
Me protegga
L'angiol di dio.

E me protegga
L'angiol di dio
Me protegga
E me protegga."

> Trecho no DVD Memórias:
> Faixa 16 – La vergine degli angeli

Na Missa do Galo, celebrada à meia-noite do dia que precede o Natal, cantávamos "Eis que lá das estrelas", versão brasileira da canção italiana "*Tu scendi dalle stelle*", composta por Afonso de Ligório (século XVIII):

*"Eis que lá das estrelas,
Ó rei celeste,
Tu vens nascer na gruta,
No frio agreste.*

*Ó menino, meu divino,
Eu te vejo aqui tremer,
Ó Deus adorado,
Ah! Quanto te custou
Haver-me amado."*

> Trecho no DVD Memórias:
> Faixa 17 – Eis que lá das estrelas

HARMÔNIO

O harmônio é um órgão simples provido de foles, que arfa os sons ao se pressionar os pedais alternadamente com o pé direito e o pé esquerdo. Esse modesto instrumento produz um som natural, analógico (sua vantagem!), e não um som digital, como o do órgão eletrônico. Por isso, há quem aprecie ouvir ou tocar o harmônio.

Eu tocava o harmônio mal e porcamente, mas esse aprendizado me foi útil, pois depois passei a executar um órgão eletrônico, usando técnica e expressão. Primeiro foi um Hammond e, mais tarde, um Roland, este dotado de uma pedaleira de duas oitavas e meia, usando os dois pés. Parece que me saí razoavelmente bem, segundo depoimento de terceiros.

FUTEBOL

Às terças e quintas, no período da tarde, jogávamos futebol em três turmas: menores, médios e maiores. Certa vez, estreei como goleiro dos menores. Márcio, mineiro, era o melhor batedor de pênaltis, e seus chutes a gol eram quase indefensáveis. Atirava rasteiro, ora no canto direito, ora no canto esquerdo.

Certa ocasião, defendi dois pênaltis. No primeiro, previ que Márcio chutaria no canto esquerdo e me atirei para esse lado, com pleno sucesso. No segundo, imaginei que ele chutaria no canto direito e me projetei para esse lado, também com bom êxito, para o espanto e admiração dos demais colegas.

Tornei-me o goleiro da seleção, mas meu triunfo durou pouco. Durou até o dia em que eu deixei passar dois frangos contra um time visitante. Eu havia começado a usar óculos: com eles, não poderia jogar; sem eles, não enxergava direito a bola.

PEDRINHA

Pedrinha era o nome da casa de férias seminarísticas, a cerca de 20 km do educandário, situada ao pé da Serra da Mantiqueira. Íamos todos os anos para lá de férias, visto não ser permitido passá-las na casa dos pais, pois era um regime de internato integral.

A casa deve esse nome ao fato de estar situada abaixo de um rochedo chamado Pedrinha, que fica junto a um rochedo maior, conhecido como Pedrona. Ambos torreiam majestosos no alto da serra, onde sopra o vento rijo das montanhas e de onde se descortina um vasto horizonte, vendo-se, ao fundo, o Vale do Paraíba e, ao leste, a Serra do Mar.

Fazíamos excursões subindo a Mantiqueira, cujo cimo está a 2.000 metros de altura. A região é coberta de matas luxuriantes e entremeadas de campos sorridentes.

Veem-se riachos cantantes, de águas cristalinas, a espadanar nas pedreiras.

PISCINA

Na casa de Pedrinha, que ainda existe hoje em dia, há uma piscina de água corrente que desce da serra, com 40 metros de comprimento e 25 metros de largura. Aos 12 anos, eu conseguia nadar por baixo d'água em toda a sua extensão.

Certa vez, quando eu tinha 13 anos, salvei um colega que se afogava. Ele estava numa canoa junto com outros companheiros, quando a embarcação virou e ele não sabia nadar.

Mergulhei e sustentei-o por baixo das costas, para que boiasse, tomando cuidado para não me abraçar, até que veio o Padre Licati e o levou para fora. Não me considero herói; fiz apenas a minha obrigação, já que era bom nadador.

RIO PARAÍBA

Quando eu tinha 14 anos, fui passear na beira do rio Paraíba com meus colegas de classe, algumas centenas de metros acima do bairro do Potim. Atravessei a nado o rio, que media cerca de 80 metros de largura naquele ponto.

Nadei em diagonal contra a correnteza e, para voltar, usei do mesmo processo. Diziam que, antes de mim, só o ex-colega Arantes, que não cheguei a conhecer, havia realizado tal proeza.

AUDITÓRIO

Aos domingos à noite, era comum a apresentação de algum número no palco. Alguém tocava violão, outro cavaquinho, outros sanfona ou violão.

Certo dia, lá compareceu o acordeonista Antenógenes Silva, que executou "Saudades de Ouro Preto", de sua autoria:

"Minha querida terra
De ti tenho saudade
És toda minha vida
Todo meu ser, minha vaidade.

Minha querida terra
Que me viu nascer
Debaixo deste céu
Feliz hei de morrer."

Terminada a apresentação, Antenógenes dirigiu-se ao auditório e disse, com pouca modéstia: "Sou considerado o melhor do Brasil porque, enquanto uns só tocam ou compõem, eu toco e componho".

No domingo seguinte, apresentou-se no palco uma paródia. Dizem que seminarista ri à toa; qualquer episódio pitoresco era motivo de paródia.

Foi então que subiu ao palco o Tereso, com seu acordeom, e tocou "Saudades de Ouro Preto". Terminada a execução, virou-se para a plateia e disse, em alto e bom som: "Eu sou considerado o melhor do Brasil". O auditório quase veio abaixo de tanto rir.

MARCOS, PESCADOR

Além de números musicais, também eram apresentados dramas, comédias e tragédias. Um dia, encenou-se um drama cantado, chamado "Marcos, pescador". Como na lenda de Fausto, um pescador pobre vende sua alma ao diabo em troca de riqueza e prazer. O diálogo entre Marcos e o diabo se dava da seguinte forma:

Diabo: — Sou a riqueza, sou o poder, sou a riqueza, sou o prazer.

Marcos: — Glória e prazer, sim quero eu ter.

Diabo: — Glória e prazer estão em meu poder.

Marcos: — Oh! Quantas luzes na minha mente!

Diabo: — Sou o que arrebata, sou o que cintila, no fulvo do cálice que vais beber.

A partir de então, Marcos torna-se rico e poderoso, desfrutando de grande prazer na vida. Mas seu filho, ainda adolescente, reza à Virgem Maria para que o livre das garras do Satanás.

Um dia, o diabo aparece para cobrar a conta, entoando: "Justo é o Senhor, terrível é o seu semblante irado, pois dá sempre ao pecado tremenda punição". Ao que Marcos responde: "Perdão, Senhor, ao mísero, contrito pecador. Não desprezeis as lágrimas da minha humilde dor". Marcos então empunha um crucifixo e o dirige ao diabo, que foge espavorido. E assim termina o drama.

> Trecho no DVD Memórias:
> Faixa 18 - Marcos, pescador

COLEGAS QUE SE ORDENARAM

Alguns colegas de classe se ordenaram sacerdotes: Bertanha, ex-pároco da Igreja Nossa Senhora do Perpétuo Socorro, no Jardim Paulistano; e Djalma, que deixou a Ordem para se tornar secular, ora morando em Goiânia.

Pitta, que igualmente se tornou secular, hoje é vigário da Paróquia de Santo Antônio, no Tucuruvi (Santana), São Paulo. Masserani, vigário da Paróquia de Sapopemba, muito meu amigo, morreu há alguns anos.

A propósito, disse Jânio Quadros, à época candidato a prefeito de São Paulo, com o acento que lhe era peculiar, de seu adversário, Fernando Henrique Cardoso: "Não pode ser prefeito de São Paulo quem não sabe onde fica Sapopemba".

CONTEMPORÂNEOS QUE SE ORDENARAM

Dentre outros, alguns de meus contemporâneos que receberam a Ordem foram:
- Ferreira, meu amigo fraterno, que mora no Seminário Santo Afonso e leciona teologia para turmas de sacerdotes;
- Gervásio, que também foi vigário da Paróquia de Sapopemba, em São Paulo;
- Guy, que morreu ainda jovem, de acidente automobilístico no trajeto Brasília-Goiânia, e seus irmãos Gil e Ney;
- José Alves (Mineirinho), que reside na casa São Bento, na cidade do Potim, perto de Aparecida (SP);
- Libardi, fundador da União Nacional dos Ex-Seminaristas Redentoristas (Uneser), também meu amigo fraterno, falecido há poucos anos, ex-superior da província de São Paulo;

- Matias, vigário da Paróquia N. S. do Perpétuo Socorro, em São Paulo;
- Pelaquim, cantor, músico e regente;
- Thuler, ex-professor de desenho no Seminário Santo Afonso;
- Ulysses, também ex-superior da província de São Paulo.

MATEMÁTICA

Fui bom aluno em matemática, tirando sempre nota dez em álgebra e geometria. Na segunda série, já resolvia problemas da quarta. Estava sempre dois anos na frente: um dom divino, pois todo dom vem de Deus, que o prodigaliza às criaturas, para sua maior glória.

Por ser curioso, e querer sempre saber a razão de ser das coisas, eu era chamado de filósofo. Tinha também um riso irônico, segundo me disse Paulinho, meu ex-colega de Seminário.

MOEDA FALSA

Às vezes, percebo coisas que outros não percebem. Foi o caso de um jovem chamado Oscar, simpático e muito falante (pois todo vigarista é simpático e falante), aparentando ter 18 anos de idade, que esteve no seminário em 1957. Ele dizia ter morado nos Estados Unidos e manifestava a intenção de ser padre.

Naquele ano, a União Soviética havia lançado o satélite Sputnik. Um dia, estávamos reunidos com ele no recreio, após o jantar, e ouvíamos sua conversa. Lá pelas tantas, diz ele, referindo-se ao Sputnik "O satelíte [com o acento no i] russo...".

Aquilo me soou como uma moeda falsa. Por mais tempo que tivesse residido nos Estados Unidos, não justificava pronunciar errado a palavra "satélite". Depois que Oscar se retirou, comentei com os colegas que ele era um impostor. Ninguém me deu crédito.

Dias mais tarde, ficamos sabendo que se tratava de um vigarista. Iludiu o diretor, Padre Sônego, apresentando-lhe os documentos, levou algum dinheiro emprestado e desapareceu. Aliás, o vigarista possui todos os documentos em perfeita ordem. O caso foi objeto de paródia no domingo seguinte.

CANTORIA

Rosquinha, Mineirinho e eu costumávamos fazer cantorias: Rosquinha na gaita, Mineirinho na primeira voz e eu na segunda. Cantávamos, entre outras toadas, a canção "Chico Mineiro":

"Fizemos a última viagem
Foi lá pro sertão de Goiás
Fui eu e o Chico Mineiro
Também foi o capataz

Viajamos muitos dias
Pra chegar em Ouro Fino
Onde nós passemo a noite
Numa festa do Divino

A festa tava tão boa
Mas antes não tivesse ido
O Chico foi baleado
Por um homem desconhecido

Larguei de comprar boiada
Mataram meu companheiro
Acabou-se o som da viola
Acabou-se o Chico Mineiro."

DEIXANDO O COLÉGIO

Saí do Seminário Santo Afonso em dezembro de 1957, tendo concluído a sexta série. Devo a ele o pouco que sei; devo a mim mesmo o muito que não sei. Fiz um bom secundário. Lá estudei, além de português, latim, francês, inglês, alemão e grego.

Devo ao colégio também meu sucesso em concursos públicos e outras realizações existenciais e profissionais. Em 1961, passei num concurso para a Câmara dos Deputados. Fui igualmente aprovado em outros concursos públicos, como para procurador do Estado do Rio de Janeiro, em 1986, e tabelião de protesto de títulos em São Paulo, em 2000, quando fiquei em primeiro lugar.

São Paulo, setembro de 2016.

Seminário Santo Afonso, Aparecida (SP)

Capítulo 5

Construção de Brasília

Cheguei a Brasília em 27 de dezembro de 1957, procedente de Corumbá de Goiás, após ter saído do Seminário Santo Afonso, em Aparecida (SP), onde cursei o secundário.

MUDANDO PARA BRASÍLIA

Quando cheguei a Brasília, tinha 17 anos incompletos. Após ter passado o Natal em Corumbá, parti com meu pai, Domingos Bimbato, e meu irmão João Álvaro a Brasília, num caminhão carregado de produtos, tais como batata, milho-verde, melancia e mandioca, em sociedade com José Rios, outro morador de Corumbá.

Vendemos tudo em um só dia na feira da Cidade Livre, como se chamava o atual Núcleo Bandeirante. As sobras eram vendidas a preço de arrasto. Rios voltou a Corumbá para trazer mais mercadorias, pois as vendas na feira revelaram-se uma operação lucrativa.

Meu pai, meu irmão e eu ficamos hospedados numa casa de pensão na Cidade Livre, do final de dezembro de 1957 até final de janeiro de 1958. Em seguida, retornamos a Corumbá, onde papai vendeu a casa a fim de angariar capital e estabelecer-se na Cidade Livre.

BRIM BARATO

Foi na Cidade Livre que papai abriu um comércio chamado Armazém Capixaba. As mercadorias eram provenientes de Anápolis e vinham faturadas em nome de Domingos Bimbato, o titular do estabelecimento.

Certa vez, chegou uma partida de mercadorias em nome de Domingos Brim Barato. Certamente o faturista vendedor tresleu o pedido manuscrito, e, no lugar de Domingos Bimbato, sapecou Domingos Brim Barato.

KOSMOS ENGENHARIA

Tendo cursado um secundário excelente no Seminário Santo Afonso, e lá aprendido datilografia, além de ser bom redator e hábil calculista, não me foi difícil encontrar emprego no escritório da Kosmos Engenharia, que edificava a Superquadra 106 Sul (SQS 106), pertencente ao Instituto de Aposentadoria e Pensões dos Comerciários (IAPC).

Naquele tempo, não havia um órgão de aposentadoria unificado, como o INSS (Instituto Nacional do Seguro Social) hoje em dia. Eles eram divididos por setor: existia o IAPI (Instituto de Aposentadoria e Pensões dos Industriários), o IAPB (Instituto de Aposentadoria e Pensões dos Bancários), o IAPTEC (Instituto de Aposentadoria e Pensões dos Transportadores Rodoviários) e assim por diante. O IAPI construía a SQS 105; o IAPC, a SQS 106; o IAPTEC, a SQS 107; o IAPB, a SQS 108; etc.

SECRETÁRIO DO DIRETOR

Fui designado secretário do diretor, Cláudio Sant'Anna, com um salário invejável para minha idade e para os padrões da época. Quanto exatamente eu ganhava era segredo que, além de mim, só o diretor e o contador conheciam. Eu nunca contava aos demais colegas, que recebiam bem menos.

Passei a morar no alojamento da Kosmos, como, aliás, faziam os empregados das demais construtoras em seus respectivos canteiros de obra.

CALCULANDO MADEIRA

A Kosmos, que construía por empreitada, tinha um grande depósito de materiais de construção em seu campo de obras, como cimento, madeira e ferro. Assim, resolveu vender parte do estoque e, com o lucro da venda, repô-lo.

A madeira vinha de Santa Catarina, faturada em pés quadrados pela companhia Battistella S.A., e o padrão de Brasília era metros lineares. Minha função era converter em metros lineares as tábuas de pinho de lá procedentes.

Quando chegava um caminhão de madeira, era meu trabalho recalcular a metragem usando uma calculadora Facit, uma engenhoca movida a manivela, que multiplicava e dividia. Para isso, era preciso girar a manivela no sentido horário e no sentido anti-horário, respectivamente.

Muito hábil nessa operação, eu rapidamente fazia os cálculos, emitindo a nota fiscal correspondente. Meus superiores ficavam admirados com minha habilidade, o que justificava meu salário bastante elevado para aqueles tempos e terra.

ARI MARINHO

Por vezes íamos eu e Ari Marinho, funcionário da Kosmos, jantar no Chez-Willy, então estabelecido na Via W3 Sul, onde tomávamos champanhe. O restaurante distava cerca de 800 metros do acampamento da empresa.

Eu custeava as despesas, pois Ari não tinha cacife para dividi-las comigo. Na volta, cantávamos "Tristeza marina":

"Tu queres mais o mar,
Falaste com amargor
E o cristal de tua voz se quebrou

Recordo o teu olhar,
Com turva luz de dor,
Esta frase em meu peito ficou

Eu sei que tens o mar constante em todos os sonhos teus.
Eu lhe disse sim, ela disse adeus
Seu nome era Margô, talvez outro qualquer,
Era um sonho real de mulher

Mar, mar, meu grande amigo,
Mar, tua imensidão,
Segue no meu barco aventureiro
Meu destino prisioneiro,
Minha triste solidão.

Mar, já não tenho amigos,
Mar, não me resta nada.
Sei que quando ao porto chegue um dia,
Esperando não estarás Margô."

Dizia Ari que, em sua cidade de origem, no interior de Minas Gerais, havia um padre alemão, professor de latim, que mal falava português. Para zombarem dele, um dos alunos gritava: "Padre, vá tomar na bunda!". Era uma algazarra geral, e o sacerdote respondia: "Zilênzio, zilênzio!", para pôr fim à barafunda.

FRENESI

Razoavelmente culto, Marinho costumava recitar um soneto de Olavo Bilac, intitulado "Delírio":

"Nua, mas para o amor não cabe o pejo
Na minha a sua boca eu comprimia.
E, em frêmitos carnais, ela dizia:
Mais abaixo, meu bem, quero o teu beijo!
Na inconsciência bruta do meu desejo
Fremente, a minha boca obedecia,
E os seus seios, tão rígidos mordia,
Fazendo-a arrepiar em doce arpejo.
Em suspiros de gozos infinitos
Disse-me ela, ainda quase em grito:
Mais abaixo, meu bem! – num frenesi.
No seu ventre pousei a minha boca,
Mais abaixo, meu bem! – disse ela, louca,
Moralistas, perdoai! Obedeci..."

OTTO BURLIER

Ainda no escritório da Kosmos, passei a trabalhar com Otto Luiz Burlier da Silveira, hábil negociador vindo do Rio de Janeiro, onde havia sido proprietário de uma empresa de materiais de construção. Otto comprava e vendia para a Kosmos, mediante comissão.

Após se desligar da Kosmos, constituiu a FOL – Fornecedora Otto Ltda. – e contratou uma auditoria contábil, chefiada por Carlos Peixoto, do Rio de Janeiro, e um contador, chamado Mathias Bubeneck, como chefe do escritório.

BUBENECK E PEIXOTO

Em certa ocasião, Peixoto e Bubeneck quase foram às vias de fato. No escritório da FOL, Peixoto insinuara irregularidades na documentação da firma, e Bubeneck sentiu-se atingido pela aleivosia. Levantaram-se, dois gigantes, um na frente do outro. Mathias empunhou uma cadeira e ficou aguardando o ataque de Carlos. Otto, intervindo diplomaticamente no conflito, teve grande dificuldade em evitar que se atracassem.

OS CARIOCAS

Mais tarde, Burlier contratou alguns vendedores cariocas, entre os quais Gilberto Farias (chefe de vendas), Dinorah Machado (Risadinha), José Irineu, Roberto Silva, Antônio Minas e Carlos Alberto da Costa.

GILBERTO

Escrachado, Gilberto chamava furtivamente a construtora Cápua & Cápua, de "Crápulas & Crápulas", e o Coronel Penteado, dono de outra empresa, de "Coronel Pentelho".

Costumávamos parar num boteco, onde Farias pedia "uma das coxinhas que matou o guarda". Às vezes, Gilberto, Risadinha, Carlos Alberto e eu saíamos num jipe, a fim de visitar algum cliente. No caminho, entre outras patuscadas, meus colegas cantavam:

Chamaram o meu boi de Espalha-Merda,
Mas a turma lá de trás bronqueou:
Espalha-Merda, onde é que já se viu?
Espalha-Merda é a puta que pariu.

Certa ocasião, Gilberto estava numa festa junina quando um menino soltou um busca-pé. Debochado, disse-lhe Gilberto: "Ei menino, cuidado com esse busca-pé. Pode estourar na perereca de uma menina, vai voar caquinho de perereca para todo lado!".
Outra de suas brincadeiras consistia em dizer: "Vai ter que evacuar meio metro sem quebrar!".

SALÁRIO DE MATHIAS

Liderados por Gilberto e parodiando Jucas Chaves, os cariocas cantavam, debochando de Mathias, que recebia um invejável salário de cem mil cruzeiros ao mês como chefe do escritório, em 1960:

No fim do mês, cem mil de ordenado;
Caixinha, obrigado!

Para se ter uma ideia, eu, que ganhava razoavelmente bem, recebia trinta mil cruzeiros mensais.

CONCORDATA

Megalomaníaco, Otto deu um passo maior que as pernas ao contratar uma equipe de vendedores, cada qual com direito a carro e casa alugada pela empresa. Isso tudo somado aos altos salários deles e de Bubeneck, Otto teve de pedir concordata em abril de 1961. Contribuiu para tanto o fato de Juscelino Kubitschek ter deixado o poder, sendo substituído por Jânio Quadros em janeiro daquele ano.

Além disso, Otto Burlier tinha uma mulher gastadeira, chamada Wanda, que ia com frequência ao Rio de Janeiro pela Vasp, onde tinha conta-corrente e possuía um belo apartamento num dos locais mais nobres da cidade, o bairro das Laranjeiras.

MÁRIO FAIRBANKS

Para a concordata, Otto contratou os serviços de um especialista carioca chamado Mário Fairbanks. Para se ter uma imagem da desordem contábil e financeira da empresa, basta dizer que o livro diário estava meses atrasado e que a empresa era devedora de vários títulos protestados.

Quanto ao primeiro problema, Fairbanks, macaco velho, viu uma vantagem: aproveitou a oportunidade para incluir seu nome como o maior credor da empresa, de forma que se tornaria síndico da concordatária.

Quanto ao segundo, Otto foi beneficiado com a sorte de o processo de concordata cair nas mãos de um juiz liberal, de nome Mário Dante Guerrera, seguidor de uma jurisprudência *contra legem*, inovadora e ainda minoritária, que consistia em deferir o processamento do pedido, apesar de a empresa devedora ter títulos protestados.

À mercê de tais circunstâncias, a FOL favoreceu-se com a concessão de 2 anos de prazo para pagar suas dívidas, enquanto Fairbanks foi aquinhoado com uma boa casa como pagamento de seu crédito.

CIDADE LIVRE

A Cidade Livre, como se chamava o atual Núcleo Bandeirante, consistia em três vias: a Avenida Central (Primeira Avenida), a Segunda e a Terceira Avenidas, todas com casas construídas de madeira, seguindo padrões arquitetônicos.

Ali funcionavam bancos, como o Banco Real e o Banco da Lavoura, e agências de companhias aéreas, como a Vasp e a Real. Também havia restaurantes e cabarés, entre estes o Casablanca e o Tabariz.

CABARÉ

O cabaré reunia no mesmo ambiente a dança, a mulher e a cama. No Casablanca, dançava-se tango ao som de uma orquestra, que tocava tangos argentinos e brasileiros, como este, de Mario Zan, intitulado "Capricho cigano":

"Não sei por que tu és tão vaidosa,
Cigana má, cruel e caprichosa,
Gostas de ver minha alma envenenada,
O teu prazer é me fazer sofrer.

Já fiz tudo pra te dar
Vida mais feliz, até já quis te dar um lar,

Teus carinhos não são meus,
És volúvel, anda, parte, adeus!"

ADUNALVA

Com 17 anos entrei para a poetaria, pois também fazia versos. Embora menor de idade, passei a frequentar cabarés, nos quais entrava sem ser barrado. Quando um comissário de menores me impedia a entrada, eu ia para outra casa noturna, ter-me com messalinas.

Eu frequentava o Casablanca e, como os demais clientes, bebia uísque escocês. Tinha também uma amante, chamada Adunalva, proveniente de Anápolis. Com 18 anos de idade, ela era morena e linda. Eu a amava e era por ela amado, como nos romances dos livros. Quando eu chegava à boate, ela podia estar sentada com quem fosse, que saía e vinha se sentar à minha mesa. Tal relação durou alguns meses, até o dia em que ela voltou subitamente para Anápolis. Assim terminou minha aventura, e eu nunca mais a vi.

Certa noite, chegou a polícia, a famigerada Guarda Especial de Brasília (GEB), e fechou o estabelecimento, quiçá por não ter recebido a propina adequada.

Eu estava no quarto com uma mulher quando alguém avisou que a polícia estava invadindo o local. Saltei da janela – era numa noite escura – e vi uma viatura da polícia estacionada junto à porta da boate.

Ao avistar-me, um policial que estava em pé ao lado do veículo perguntou: "O que é que foi, garoto? Vem cá, vem". Fingi que atendia à sua ordem, mas contornei o carro pelo outro lado e saí correndo em linha reta, paralela à viatura, cujos faróis se acenderam. Arrastei-me noventa graus à sua frente, passei sob uma cerca de arame farpado e saí correndo pelo mato, protegido pela escuridão da noite.

Fiquei sabendo, no dia seguinte, que todos os clientes da casa noturna haviam sido presos. Parodiando Dante Alighieri, *siamo tutti fodutti*.

CHEZ-WILLY

O restaurante mais caro da Cidade Livre era o Chez-Willy, de propriedade de um austríaco chamado Willy, que havia imigrado para o Brasil. Ali se confraternizavam empreiteiros e políticos, como senadores e deputados. Como eu ganhava bem, podia frequentá-lo.

INEZIL PENNA MARINHO

Inezil Penna Marinho, advogado que chegou a Brasília em 1959, procedente do Rio de Janeiro, instalou sua banca na futura capital e angariou grande clientela, principalmente entre os empresários.

Cidadão culto e de corpo atlético, era formado em educação física pela Universidade do Rio de Janeiro, mas era principalmente um homem de letras, de cultura helênica.

Dizem que, certa vez, teria proferido uma palestra em grego em Luziânia, cidade de Goiás distante cerca de 60 km de Brasília, mas creio que isso foi uma caricatura, exagero de alguém. Como a ele aprazia exibir sua cultura, deve ter citado apenas algumas palavras no idioma helênico.

JAPONESES

Israel Pinheiro, então presidente da Novacap, ofereceu aos japoneses uma gleba para plantio. Dois meses depois, um grupo de nipônicos apareceu para reclamar que a área era improdutiva. "Se as terras fossem boas, para que japonês?", questionou.

BRILHANTINA

Naquela época, usava-se brilhantina Glostora para pentear os cabelos. Certa vez, chegaram ao armazém de meu pai dois candangos, cada um em sua bicicleta, ambas enfeitadas de bandeirolas e espelhinhos. Usavam camisa de seda e portavam radinhos de pilha. Compraram um vidro do creme e o passaram inteiro nos cabelos.

Depois, seguiram felizes para a zona do baixo meretrício.

JOAQUIM PITAGUARY

Joaquim Pitaguary, procedente de Ouro Fino, sul de Minas Gerais, foi meu colega na Fornecedora Otto. Tinha boa redação e, apesar de ser bem mais velho do que eu, estabelecemos grande amizade. Era pai de Jayme, que estudava na Faculdade de Direito de Santos, no litoral paulista.

JAYME PITAGUARY

Jayme Pitaguary, depois de formado, veio morar com o pai em Brasília e tornou-se grande amigo meu. Primo de Ranieri

Mazzilli, então presidente da Câmara dos Deputados, ali conseguiu logo um emprego.

Ele era um rapaz bem-apessoado, bom de prosa e bem-humorado. Passamos a frequentar os bons restaurantes de Brasília, pois a Câmara (da qual também me tornei funcionário mediante concurso público) pagava bem a seus servidores. Pena que bebesse tanto! Lembro-me de várias vezes que tive de levá-lo para casa.

Já tendo tomado um porre quando ainda estava na Faculdade de Direito, aprendeu que, para combater a ressaca, o melhor remédio é tomar um copo de cerveja no dia seguinte.

Entretanto, dizem as más-línguas que, em vez de tomar um copo, tomava outro porre. Assim, teria tomado o primeiro pileque aos 18 anos, e, até os 28, quando morreu de acidente, não tinha ainda saído do porre.

Sofreu vários acidentes de carro por guiar embriagado, fraturando um dos braços e as pernas, tanto que andava com dificuldade.

Na ocasião do acidente que causou sua morte, estava dirigindo numa estrada próxima a Ouro Fino, sua terra natal. Como havia forte cerração, colocou o rosto para fora da janela para ver melhor, quando passou um veículo e decepou-lhe a cabeça.

A ironia da história é que nesse dia ele estava sóbrio...

CANTORIA DE FARRA

Espirituoso, Jayme gostava de cantar com os companheiros de farra. Entre suas canções prediletas, figurava uma paródia da "Canção do soldado":

Cachaça queremos no balcão,
A pinga queremos com limão,

Porém, se a pátria amada
Precisar da macacada,
Puta merda, que cagada!

VIRANDO A MESA

Em 1960, Aloísio Nonô, então deputado federal pelo estado de Alagoas, morava na SQS 105, onde também habitavam outros deputados. Um dia, na pista abaixo de seu prédio, pôs fogo nos móveis funcionais que lhe guarneciam a residência, alegando que eram de péssima qualidade, o que causou grande escândalo, conforme noticiou a imprensa na época.

Passaram-se anos até que veio a explicação. O apartamento de Aloísio era usado por outros dois colegas para encontro com mulheres. Em certa ocasião, ficou sabendo que sua mulher viria no dia seguinte para visitá-lo. Como não havia tempo de recolher as chaves que estavam com os companheiros, a solução encontrada foi atear fogo na mobília.

CURSO DE DIREITO

Comecei a trabalhar na Câmara dos Deputados em abril de 1962, após ter sido aprovado em concurso público. Cursei Direito na Universidade de Brasília quando já era funcionário da Câmara, após ter conquistado a primeira posição no exame vestibular.

O horário da casa, bastante cristão, permitia que eu frequentasse a faculdade pela manhã e entrasse no serviço às 13 horas. Consegui, assim, fazer tranquilo meu curso, que me foi muito útil durante a vida, e formei-me em dezembro de 1970.

São Paulo, setembro de 2016.

Construção de Brasília

Cidade Livre, 1958

Construção de Brasília

Um prédio de apartamentos em construção, em 1958

Construção de Brasília

Edifício do Congresso Nacional em construção, em 1958

Construção de Brasília

Da esq. para a dir.: Saturnino, Joaquim e o autor, em 1960

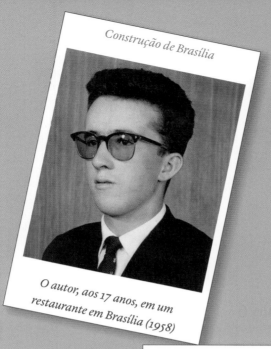

O autor, aos 17 anos, em um restaurante em Brasília (1958)

O autor em sua formatura em Contabilidade (1963)

O autor em sua colação de grau em Contabilidade (1963)

Capítulo 6

Câmara dos Deputados

Mediante concurso público, entrei para a Câmara dos Deputados em 1962 como auxiliar legislativo. Nas provas escritas, eu estava classificado num dos primeiros lugares, mas perdi pontos na prova de datilografia.

SECRETÁRIO DA COMISSÃO DAS RELAÇÕES EXTERIORES

Em 1964, tendo passado em segundo lugar num concurso público para oficial legislativo, fui designado para a Comissão de Relações Exteriores, na função de secretário.

Era presidente da comissão o deputado Raymundo Padilha, talvez o mais culto dos parlamentares que passaram pelo Congresso Nacional.

Na qualidade de secretário, eu recebia convite de embaixadas, especialmente da Alemanha, para recepções e jantares. Era também convidado para a recepção de chefes de Estado estrangeiros, como a da Rainha Elizabeth II.

VICTOR KNAPP

Sempre espirituoso, Victor Knapp, funcionário da Comissão de Relações Exteriores, gostava de fazer charges, como a que criou à ocasião da votação de um projeto de lei para reduzir o vencimento dos deputados.

Como de praxe, o presidente da Câmara pôs em votação a proposta, anunciando: "Em votação o projeto de lei que reduz o vencimento dos deputados. Os senhores deputados que aprovam, queiram permanecer como estão".

Naquela época, ainda não havia votação eletrônica. A votação simbólica fazia-se por gestos, permanecendo como estavam os deputados favoráveis ao documento.

Na charge, há um deputado de pé sobre a bancada, outro deitado sobre ela, outro plantando bananeira, e nenhum na posição anterior.

OUTRAS PATUSCADAS DE KNAPP

Uma das brincadeiras de Knapp era uma paródia à "Garota de Ipanema", de Vinicius de Moraes e Tom Jobim:

Olha que coisa mais feia
E mais sem graça,
É ela quem passa,
É todo um problema,
É a garota de Treponema,
A caminho do bar,
A caminho do bar.

CÂMARA JÚNIOR

Participei da Câmara Júnior de Brasília, da qual eram componentes: José Luís Guimarães, presidente; Luís Marinho, seu sucessor; José Freitas, Luís Borba, Walter Silva Reis, entre outros.

Um dia, recebemos a visita do estadunidense David Merd, presidente da Câmara Júnior Internacional. Alguns colegas e eu viajamos com ele a Anápolis, onde nos recebeu a Câmara Júnior local para um almoço em homenagem ao visitante.

Houve discursos e apresentação de números musicais em sua honra. Uma jovem servia de intérprete. Apresentou-se também um conjunto de cantoras, as irmãs Valle, procedentes de Corumbá de Goiás e residentes naquela cidade.

Também eram frequentes jantares de confraternização entre os participantes da Câmara Júnior de Brasília, que tinha por fim formar lideranças. Era comum o presidente da mesa chamar algum dos presentes para um discurso de improviso, ocasiões em que uns se saíam bem, outros nem tanto, mas todos se divertiam com a brincadeira.

ACM E TENÓRIO

Em 1962, já no governo João Goulart, lembro-me de uma ocasião em que Tenório Cavalcanti estava na tribuna da Câmara dos Deputados fazendo um discurso no qual criticava a gestão de Clemente Mariani, banqueiro baiano e presidente do Banco do Brasil, durante o governo Jânio Quadros.

Antônio Carlos Magalhães, como bom baiano, dirigiu-se ao microfone de apartes para defender o conterrâneo, interpelando o orador: "Vossa Excelência pode dizer essa e outras coisas porque explora o jogo e o meretrício do Estado do Rio de Janeiro. Vossa Excelência é um ladrão".

Nesse momento, Tenório sacou um revólver e o apontou para o interlocutor: "Vai morrer agora mesmo!". Os deputados arrepiaram carreira, só ficando Tenório Cavalcanti na tribuna e, diante dele, em pé, Antônio Carlos.

Foi então que Tenório, veterano de guerra, notou uma poça aos pés de ACM, que havia urinado nas calças e ficara paralisado de medo. Tenório desceu da tribuna e lhe disse: "Pode ir. Eu só mato homem. Cai fora, seu filho da puta!".

O caso foi abafado pela imprensa, então subsidiada pela Mesa da Câmara, mas há várias testemunhas, como funcionários da casa e jornalistas. ACM conta outra versão. Diz ele que estava diante de Tenório, que lhe apontou a arma. Magalhães abriu o peito, dizendo: "Pode atirar", mas Tenório não atirou. Cabe ao leitor julgar qual das versões é verdadeira.

PAULO BRILL

Paulo Brill, funcionário licenciado da Câmara dos Deputados, morava em Goiânia, onde comprou um monomotor e aprendeu a pilotar. Um dia, dirigindo o avião, resolveu pousar no aeroporto internacional de Brasília, que não estava (e ainda não está) aparelhado para receber aeronaves de pequeno porte (salvo jatinhos), as quais utilizavam (e ainda utilizam) o aeroporto de Luziânia, cidade próxima à capital federal.

Por conta disso, a torre de controle teve de parar o tráfego dos demais aviões para que Paulo pousasse. Na decolagem, foi o mesmo processo, e a torre determinou que ele voasse de volta para Goiânia a 300 metros de altitude, o que é muito desconfortável para o piloto, pois a aeronave fica sujeita a solavancos. Um funcionário da torre foi enfático ao se despedir: "Boa viagem e, por favor, não volte mais não, ouviu?".

PAOLO PIACESI

Excêntrico, Paolo Piacesi, funcionário da Câmara dos Deputados, um dia trombou com o coronel Gay (pronuncia-se Gái), da Aeronáutica, famoso militar da linha dura, também excêntrico, então comandante da base aérea de Brasília que funcionava junto ao aeroporto civil. Para se ter uma ideia de sua truculência, basta dizer que ele (cumprindo ordens de superiores) invadiu a Universidade de Brasília e fechou o Congresso Nacional.

Acontece que Gay determinara, em uma certa ocasião, que a partir de então os veículos deveriam estacionar de frente para o aeroporto.

Piacesi, porém, um dia resolveu estacionar o carro de costas para o aeródromo civil, quando um guarda lhe chamou a atenção. "Quero ver quem vai me impedir", disse Paolo, em tom desafiador.

O caso chegou aos ouvidos do comandante militar, que ordenou que o motorista rebelde fosse levado imediatamente à sua presença. Os soldados o conduziram com a delicadeza que lhes é habitual. Um sentinela comenta: "Esse cara vai ver o que é bom p'ra tosse; não conhece o 'coroner'!".

Tendo levado uma espinafração do comandante, Piacesi retrucou: "Não esqueça que foi feita uma revolução neste país". "Eu sou a revolução, eu sou a revolução!", respondeu o coronel.

Paolo, então, mostra-lhe a carteira de tenente da reserva R-2. Gay pegou o documento e tentou rasgá-lo, acrescentando: "Tenente da reserva e merda para mim são a mesma coisa". Não conseguindo, jogou-o no chão e o pisoteou com suas botas de alto coturno.

Em seguida, conforme revelou o próprio Piacesi, os soldados, armados com cassetetes, perguntaram: "Está com medo?". Paolo, limitando-se a cobrir a cabeça com as mãos, levou bordoadas, catiripapos e safanões. Sub-repticiamente, como um réptil coleante, um militar aproximou-se por trás e deu-lhe um golpe nas pernas, fazendo Piacesi cair de joelhos.

Gay pergunta se aprendeu a lição, e Paolo reclama da "soldadura".

Tempos depois, um oficial da Aeronáutica, com quem Piacesi havia comentado o caso, contou que, naquele dia, estava na antessala do coronel quando ele entrou gritando: "Peguei um trouxa! peguei um trouxa!", mas longe dos ouvidos de Paolo.

QUE LOCAL DESPUDORADO!

Em certa ocasião, Paolo Piacesi e Henrique Hargreaves, ambos funcionários da Câmara dos Deputados, foram à sauna do Hotel Nacional. Piacesi, que nunca havia frequentado uma sauna, perguntou a Hargreaves como deveriam se vestir, e este respondeu que, na sauna, todos ficam nus.

"Mas que local despudorado!", comentou Paolo. O caso passou a ser motivo de galhofa por parte de Hargreaves. Quando nos encontrávamos na Câmara, ele sempre dizia: "Que local despudorado!".

EDÉSIO

Na Câmara dos Deputados, havia um funcionário chamado Edésio que sempre entrava no recinto do Plenário segurando uma bandeja de água e cafezinho por sobre o ombro, desmunhecando.

Anos mais tarde, num programa humorístico de Jô Soares, Edésio tornou-se objeto de paródia, num quadro em que um servidor da Câmara, revirando os olhos para cima e portando sobre o ombro uma bandeja com fatias de pizza, exclama: "Aqui tudo termina em pizza!".

SAÍDA DA CÂMARA DOS DEPUTADOS

Tendo feito um curso de pós-graduação na PUC do Rio de Janeiro, saí da Câmara dos Deputados em janeiro de 1972, após ter sido aprovado, em primeiro lugar, num concurso para assessor jurídico do Ministério das Minas e Energia.

São Paulo, setembro de 2016.

O autor no jardim do Brasília Palace Hotel, quando integrava a Câmara Júnior, em 1963

Câmara dos Deputados

O autor em um jantar da Câmara Júnior, em 1965

Câmara dos Deputados

Comissão de Relações Exteriores da Câmara dos Deputados. Deputado Altino Machado (à esq.); deputado Raymundo Padilha, presidente da Comissão (ao centro); e o autor, secretário da Comissão (à dir.), em 1966

Capítulo 7

Universidade de Brasília

Entrei para o Departamento de Direito da Universidade de Brasília (UnB) em fevereiro de 1967, após ter conquistado o primeiro posto no exame vestibular.

COLEGAS

Foram meus colegas: Ary Porto Nunes, Augusto Henrique Nardelli Pinto, Francisco Monteiro Neto, Heloísa Helena, Jolimar Corrêa Pinto, José Américo, Marco Antônio Lenzi, Otávio Barbosa e Regina Müller.

Mais: Ieda Santos Delgado, Maria Lúcia, Francisco Novaes, Suely Chaves da Silva, Tânia Machado e tantos outros (cerca de 50), que não apenas seria enfadonho numerar (vou poupar o leitor do flagelo de uma lista maçante), como também eu correria o risco de cometer a injustiça de omitir algum nome.

SISTEMA DE CRÉDITOS

A UnB adota o sistema de créditos, ou seja, não segue o padrão tradicional brasileiro em que o aluno é promovido ano a ano, mas, sim, o critério segundo o qual o estudante pode optar, dentre uma lista de matérias, pelas que lhe convenham no semestre, sendo essa escolha feita periodicamente.

Desse modo, o aluno pode se formar ao término do 10º, do 9º ou do 8º semestre, dependendo de quantas matérias escolher cursar por vez. É o sistema adotado nas principais universidades estadunidenses.

MASTRO BAR

Havia, no *campus* da universidade, um botequim chamado Mastro Bar – por certo, ideia de algum gaiato e adotada pelo dono do estabelecimento. No intervalo das aulas, íamos Ary, alguns colegas e eu tomar um cafezinho no bar, que também funcionava como lanchonete. Ao sair para o recreio, Ary dizia: "Vamos ao salutar esporte da paquera!".

ROBERTO LYRA FILHO

Extremamente obeso, Roberto Lyra Filho era professor de Criminologia e de Filosofia do Direito na UnB. Eloquente, suas aulas, faladas de improviso, eram como se tivessem sido escritas.

No livro *O que é direito*, de sua autoria, Lyra afirma que falar sério não é falar de cara feia. "Às vezes, uma piada atinge melhor o alvo do que muito discurso frouxo, solene e pedante".

Fui seu aluno tanto em Criminologia como em Filosofia do Direito, ambas facultativas. Na primeira, havia oito estudantes; na segunda, só três gatos pingados: Nardelli, Mônica e eu.

PIADAS

Para amenizar a aridez da aula, de quando em quando Lyra contava alguma piada, em grande parte do repertório de Ary Toledo, como aquela em que perguntam à baiana: "A senhora come cuscuz?", ao que ela responde: "Não, como com os lábios".

Outra: por volta dos anos de 1960, dois cubanos conversam entre si.

— *No es verdad que Fidel tiene los ojos de Jesus?*
— *Sí, es verdad.*
— *No es verdad que Fidel tiene la boca de Jesus?*
— *Sí, es verdad.*
— *No es verdad que Fidel tiene las barbas de Jesus?*
— *Sí, es verdad.*
— *Y por qué no lo crucificamos?*

Outra: o garoto pergunta ao pai o que é compensação.
— Vou lhe dar um exemplo. - ele responde. Suponhamos que sua mãe me traia. O que eu sou? - pergunta o pai.
— O senhor é um corno. - replica o filho.
— Em compensação, você é um filho da puta! - diz o pai.

JOSÉ CARLOS AZEVEDO

Era José Carlos Azevedo o reitor da Universidade de Brasília. Figura polêmica, dominava com mão de ferro a reitoria, reprimindo vigorosamente as manifestações estudantis.

PAES LANDIM

Landim, chefe do Departamento de Direito e professor de Direito Comercial, era muito ligado a Azevedo. Deputado federal eleito em 1987, era o mais antigo parlamentar do Congresso Nacional, exercendo em 2016 o oitavo mandato.

FORMATURA

Formei-me em Direito no mês de dezembro de 1970, em cerimônia coletiva junto com as turmas de Administração, Comunicação Social, Economia, Engenharia, entre outras, no plenário do Senado Federal.

Foi orador de todas as turmas José Carlos Alves dos Santos, bacharelando em Economia, que mais tarde se envolveria no episódio tristemente famoso dos Anões do Orçamento, tendo assassinado a própria mulher.

RECEPÇÃO NO TRIBUNAL DE JUSTIÇA

Como novos bacharéis em Direito, fomos recebidos em sessão solene do Tribunal de Justiça do Distrito Federal, sob a presidência do desembargador Leal Fagundes, também professor de Direito Administrativo no Departamento de Direito da UnB.

A sessão contou com a presença do desembargador Colombo de Souza, pai de Maurício, nosso colega. Coube-me a honra de falar como orador da turma, após ter sido escolhido pelos colegas num concurso de oratória.

CURSO SUPERIOR DE POLÍCIA

Indicado pelo professor Roberto Lyra Filho, lecionei Criminologia no Curso Superior de Polícia, do Departamento Federal de Segurança Pública (hoje Departamento de Polícia Federal), em Brasília, por um período de 6 meses.

PÓS-GRADUAÇÃO

Conforme expus anteriormente, deixei a Câmara dos Deputados em 1972 para trabalhar como assessor jurídico do Ministério das Minas e Energia, após ter feito um curso de pós-graduação na Pontifícia Universidade Católica (PUC) do Rio de Janeiro, especializado em matérias relacionadas com a pasta.

Para ser selecionado para o cargo, houve um concurso, promovido pelo próprio Ministério, entre os estudantes de Direito da Universidade de Brasília, no qual me classifiquei em primeiro lugar. Foram examinadores os professores Alberto Venâncio Filho e Jorge Hilário Gouvêa Vieira, advogados no Rio de Janeiro.

Foram meus colegas, entre outros: Áurea Lustosa, Francisco Monteiro Neto, Heloísa Helena, Ieda Santos Delgado, Marco Antônio Lenzi, Otávio Barbosa, Percílio de Souza Lima, Regina Müller e Tânia Machado.

Aos estudantes de Brasília, doze no total, juntaram-se outros doze, que já eram funcionários do Ministério das Minas e Energia e suas filiadas, como a Petrobrás e a Eletrobrás.

Estudamos Economia, Contabilidade, Direito Administrativo, Direito Constitucional, Direito Tributário, Direito de Empresas e Direito Econômico, além de outras matérias.

Foram meus professores, entre outros: Alberto Venâncio Filho (que mais tarde seria eleito para a Academia Brasileira de Letras), na disciplina de Direito Econômico; Carlos Alberto Direito, de Direito Constitucional; Gabriel Lacerda, Direito Tributário; Humberto Manes, Direito Administrativo; Jorge Hilário Gouvêa Vieira, Direito de Empresas; e Moacir Fioravante, Economia.

DAVID TRUBECK

Um dia, compareceu para fazer uma entrevista com os alunos David Trubeck, professor da Escola de Direito de Yale, nos Estados Unidos. Senti o cheiro de bolsa de estudos e caprichei em minhas intervenções.

Efetivamente, dias depois, Joaquim Falcão, chefe do Departamento de Direito da PUC, chamou-me à sua sala e disse que eu havia sido indicado para pleitear uma vaga na famosa Universidade de Yale. Contribuiu para tanto o fato de eu ter sido aprovado em primeiro lugar no certame para o curso de especialização em nível de pós-graduação.

Redigi uma carta dirigida ao decano da escola estadunidense, discorrendo sobre minha pretensão de lá estudar. Logo recebi uma resposta, dizendo que eu tinha sido admitido na Escola de Direito de Yale, o que me deixou muito feliz.

MESTRADO EM DIREITO

Em setembro de 1972, após ter feito, em agosto do mesmo ano, um curso preparatório na Faculdade de Direito da Universidade de Georgetown, em Washington, fui para a cidade de New

Haven, onde fica a Universidade de Yale, para fazer o mestrado em Direito, que concluí em junho de 1973.

Fiz o curso com bolsa de estudos fornecida pela própria universidade, o que me foi muito útil, pois eu não dispunha de recursos para arcar com as despesas de ensino, alimentação e alojamento.

COLEGA DE HILLARY CLINTON

Em uma das matérias, fui colega de classe de Hillary Clinton, então Hillary Rodham, que mais tarde seria candidata à presidência dos Estados Unidos, bem como contemporâneo de Bill Clinton, então futuro presidente do país.

GALBRAITH

Em 1980, na qualidade de consultor jurídico da Secretaria de Planejamento da Presidência da República (Seplan), hoje Ministério do Planejamento e Orçamento, e professor de Direito Comercial do Departamento de Direito da UnB, fui convidado para uma recepção a John Kenneth Galbraith, no apartamento funcional de Paes Landim, que era também procurador-chefe do Departamento Jurídico do Instituto Brasileiro do Café (IBC).

Reuni-me com um grupo seleto de pessoas, entre as quais os presidentes da Comissão de Relações Exteriores do Senado Federal e da Câmara dos Deputados, assim como professores do Departamento de Ciências Políticas da UnB.

Como era fluente em inglês, tive o privilégio de conversar com Galbraith, um homem de mais de 2 metros de altura.

FRANCISCO MONTEIRO

Francisco Monteiro, colega no curso de especialização na PUC, graduou-se mestre em Direito pela prestigiosa Universidade de Harvard, em 1973.

Mais tarde foi também meu colega na Procuradoria-Geral da Fazenda Nacional, deixando o cargo para lançar-se como advogado no Rio de Janeiro. Aparentemente foi bem-sucedido, como se infere do padrão de vida que levava.

Teve um final triste, pois foi executado por três pistoleiros na entrada do seu prédio em Ipanema. Os assassinos, em número de três, sumiram tão misteriosamente quanto chegaram.

Até hoje, passados mais de vinte anos do ocorrido, a polícia não tem nenhuma pista que possa esclarecer o mistério. Suspeita-se que ele comprava e vendia dólares no Uruguai, mas nada de concreto foi apurado. Morreu jovem, no auge de seus 30 anos de idade.

São Paulo, setembro de 2016.

Universidade de Brasília

O autor discursando em sessão solene do Tribunal de Justiça do Distrito Federal, no dia de sua formatura em Direito. Sentados na primeira fila, logo atrás do autor, estão (da esq. para a dir.) Paolo Piacesi e Francisco Monteiro Neto (dezembro de 1970)

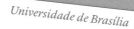

Universidade de Brasília

Formandos em Direito (dezembro de 1970). Da esq. para a dir.: Francisco Monteiro Neto e o autor

Da esq. para a dir.: o autor, o desembargador Leal Fagundes e Paolo Piacesi no dia de sua formatura em Direito (dezembro de 1970)

Universidade de Brasília

O Tribunal de Justiça do Distrito Federal, em sessão solene, aberta em homenagem aos novos bacharéis em Direito, sob a presidência do desembargador Leal Fagundes (dezembro de 1970)

Universidade de Brasília

O autor (primeiro à esq. em pé) na cerimônia de encerramento do Curso de Direito Especializado da PUC-RJ (março de 1972)

Universidade de Brasília

O autor (sentado à dir.) no Curso de Direito Especializado da PUC-RJ (dezembro de 1971)

Universidade de Brasília

O autor (à esq.) e Attila Andrade no pátio da Escola de Direito de Yale, na Universidade de Yale (janeiro de 1973)

Universidade de Brasília

O autor (segundo, à esq.) com seus colegas no dia de sua conclusão no Curso de Mestrado em Direito da na Universidade de Yale (junho de 1973)

Universidade de Brasília

O autor (nos destaques) em cerimônia de posse na Procuradoria-Geral do Estado do Rio de Janeiro (março de 1987)

Capítulo 8

Ministério da Fazenda

Em Brasília, trabalhei como assessor do ministro da Fazenda, de 1975 a 1979, provindo do Rio de Janeiro, onde fui advogado de empresas e de direito tributário no Escritório Bulhões Pedreira e Bulhões Carvalho.

SERVINDO COM DORNELLES

No Ministério da Fazenda, fui designado para servir na Procuradoria-Geral da Fazenda Nacional (PGFN), que era chefiada por Francisco Neves Dornelles. Sobrinho de Tancredo Neves e primo de Getulio Vargas, Dornelles tinha a política no sangue.

Dornelles era um mineiro muito vivo, com quem aprendi muito. Uma de suas políticas era não dar ao interlocutor mais informações que o estritamente necessário para o fim em vista.

Fui componente da Comissão de Estudos Tributários Internacionais (Ceti), chefiada por Dornelles, de 1975 a 1979. Nessa condição, participei, como delegado brasileiro, das negociações do Acordo Geral de Tarifas e Comércio (Gatt), hoje

Organização Mundial do Comércio (OMC), sobre subsídios à exportação e direitos compensatórios, em Genebra, Suíça, entre 1975 e 1978. Foi uma experiência enriquecedora, tanto sob o aspecto profissional quanto sob o existencial.

LEIS DAS S.A. E DA CVM

Como assessor do ministro, ajudei na elaboração do projeto de lei das sociedades anônimas (lei das S.A.) e do projeto que criou a Comissão de Valores Mobiliários (lei da CVM), em comum acordo com José Luiz Bulhões Pedreira e Alfredo Lamy Filho, autores das propostas originais.

ACORDO DO GATT

A delegação do Ministério da Fazenda para subsídios à exportação e direitos compensatórios junto ao Gatt, em Genebra, era composta por Dornelles, Adimar Schievelbein e eu. A ela se juntou o ministro José Botafogo Gonçalves, do Itamarati, como chefe da delegação brasileira.

Nossa principal opositora era a delegação estadunidense, que queria a eliminação imediata de todos os subsídios brasileiros à exportação. Chegamos a um acordo, com o governo brasileiro reduzindo gradualmente seus subsídios e o governo estadunidense retirando os direitos compensatórios. Foi uma importante vitória para o Brasil.

Hoje, o acordo do Gatt está incorporado à OMC.

SIMONSEN E A MULHER DE PRETO

Lembro-me de uma piada sobre Mario Henrique Simonsen, que tinha fama de beber muito. Dizia que, na condição de ministro da Fazenda, Simonsen foi a uma solenidade e, ao ver uma mulher de preto, perguntou-lhe: "A senhora me dá o prazer desta valsa?". E ela respondeu: "Não vou dançar com o senhor por três motivos: em primeiro lugar, o senhor não está sóbrio; em segundo lugar, isto não é uma valsa, é o Hino Nacional; em terceiro lugar, não sou uma senhora, sou o Arcebispo de Brasília!".

ARY QUINTELLA

Amigo de Dornelles, Ary Quintella, um funcionário da PGFN que vivia entre Rio de Janeiro e Brasília, era casado com Teresa, ministra do Itamarati, que participou da Conferência sobre Desarmamento Nuclear em Tlatelolco (duvido que alguém consiga pronunciar esta palavra, e, ao mesmo tempo, mascar chiclete), no México.

Certa vez, Dornelles o procurou e nada de achar Ary. Disse ele, em tom de *blague*: "O Ary não sabe onde trabalha, não sabe onde mora e não sabe com quem está casado".

O funcionário que vimos falando era filho do professor Ary Quintella, autor de livros sobre matemática, usados no ensino secundário. O filho, amigo meu, era amigo de alguns coronéis do Exército, visto que seu pai fora oficial da mesma patente. Daí, a amizade com alguns oficiais militares, coincidentemente da linha dura, pois estávamos no período de governos militares.

Dornelles também era filho de militar com patente de coronel. Isso facilitou a transição de poder dos militares para os civis, com Dornelles servindo de interlocutor entre os militares e a equipe de transição de Tancredo.

Ary Quintella, o filho, também era escritor e autor de livros, entre os quais *Combati o bom combate*, que considerei muito bem escrito. Aliás, Ary escrevia primorosamente.

LUÍS AMERICANO

Espirituoso, alto, esguio, porte nobre, Luís Americano era procurador da Fazenda Nacional e trabalhava com Dornelles. Mais precisamente, era o coordenador da Dívida Externa.

Frequentemente viajava ao exterior para dar o aval do Tesouro Nacional aos empréstimos que o Brasil tomava de bancos estrangeiros. Tinha fama de beber muito.

Certa vez, jogou o vice-presidente do FMI, de terno e tudo, na piscina do Hotel Nacional, o mais caro de Brasília. O caso foi parar no Serviço Nacional de Informações (SNI), que o transmitiu a Simonsen, e este, a Dornelles. Mas não deu em nada. No ministério, todos acharam muita graça do episódio.

PEDRÍLVIO

Pedrílvio Guimarães Pereira era procurador da Fazenda Nacional. Debochado, certa vez recebeu dois assessores de uma empresa pública que vinham apresentar um pleito. Após ter ouvido parte do pedido, ele os interrompeu, irônico: "Se bem entendi, vocês querem que a gente dê a bunda e ainda peça desculpas por estar de costas". Os interlocutores enfiaram a viola no saco e foram cantar em outra freguesia.

XADREZ

Simonsen, que gostava de jogar xadrez, tinha um assessor, Lincoln Lucena, que era mestre internacional na arte. O ministro, embora bom jogador, perderia facilmente para Lucena, mas este, muitas vezes, prolongava deliberadamente a partida ou se deixava vencer para agradar o chefe.

Certa vez, eu trouxe, de uma viagem a Washington, um aparelho de jogar xadrez chamado Boris. Simonsen ficou sabendo da história e me convidou para ir à sua casa, a fim de conhecê-lo.

Naquela noite, estivemos reunidos, na casa do ministro, ele próprio, sua mulher, Iluska, Ari Pinto, assessor de assuntos internacionais, para brincarmos com a máquina.

O ministro, após ter jogado com Boris algumas partidas, disse, em tom desanimado: "Esta engenhoca não sabe jogar xadrez. É uma verdadeira capivara!".

SISTO V

Americano gostava de narrar um conto de Manuel Bernardes sobre a eleição do Papa Sisto V, que aqui parafraseio. Antes de ser eleito Papa, em 1585, os cardeais ficaram reunidos por vários meses em assembleia aberta – isto é, não estavam confinados num conclave – na cidade italiana de Treviso.

Como era hábito na época, os comerciantes locais bancavam as despesas de alimentação da assembleia. Revoltados com a demora, resolveram cortar todo suprimento alimentar dos cardeais e passaram a oferecer-lhes apenas pão e água.

Em 2 dias, foi escolhido como papa um cardeal que circulava com um bordão, encurvado e sempre olhando para o chão. "É este, é este!", cochicharam entre si os eleitores, imaginando que viveria pouco tempo, tendo assim outra oportunidade de eleger novo pontífice após a sua morte.

Tão logo se elegeu, o cardeal soltou o bordão e ergueu a cabeça. Tomou o nome de Sisto V e reinou vigorosamente por mais de 5 anos. Entre outras medidas, estabeleceu que a eleição papal se faria, a partir de então, em conclave, ou seja, em reunião fechada.

Alguém lhe perguntou por que andava cabisbaixo na assembleia, em que foi eleito: "Eu procurava as chaves de São Pedro, e agora que as encontrei, procuro as chaves do céu", respondeu.

MENDES

Na PGFN, havia um funcionário chamado Mendes. Boquirroto, disse ao procurador Luiz Machado Fracarolli: "Uma vagina bem administrada rende mais que uma boa paróquia."

ALADIM E GEISEL

Simonsen era considerado um gênio, mas também tinha fama de embriagar-se. No tempo do presidente Geisel, corria em Brasília a seguinte anedota: "Sabe qual a diferença entre Aladim e Geisel? Aladim tirava o gênio da garrafa; já o problema de Geisel é tirar a garrafa do gênio".

O HOMEM DA MALA

Como relatei alhures, às vezes percebo coisas que os outros não percebem, como no caso do homem da mala, no Rio de Janeiro.

Marília Pêra apresentava, no teatro, um show de variedades, entre as quais a história do homem da mala. Numa de suas apresentações, a atriz avistou, sentado na plateia, um senhor de paletó e gravata que trazia no colo uma pasta executiva. Desceu, então, do palco e dirigiu-se a ele: "Que mala bonita! Posso me sentar nela?", perguntou.

Quando fez menção de que ia se sentar, o homem se levantou, protestando e esbravejando. Marília Pêra voltou ao palco, aparentemente constrangida, e o auditório bateu palmas em solidariedade a ela.

Achei a reação do sujeito desproporcional à brincadeira, o que me soou como moeda falsa. No intervalo, comentei com os amigos: "Foi uma encenação", mas ninguém me deu crédito.

É incrível como tantas vezes as pessoas são incapazes de enxergar o óbvio. Terminado o espetáculo, apareceram no palco todos os atores, entre os quais o homem da mala, exibindo sua pasta executiva.

ARI PINTO E GORDON PERERIA

Ari Pinto, assessor do ministro para assuntos internacionais, falava vários idiomas, que aprendeu como autodidata. Diziam, por brincadeira, que ele falava todos os idiomas vivos e alguns mortos.

Certa vez, acompanhou Simonsen aos Estados Unidos e foram recebidos por Gordon Pereira, funcionário do Ministério da Fazenda, que trabalhava como chefe da Delegacia do Tesouro em Nova York. De pai inglês, Pereira nunca havia morado no Brasil e, portanto, falava português com forte sotaque estadunidense.

Já na limusine que os levaria ao hotel, Ari começou a cantarolar uma ópera. Disse Pereira, irônico: "Muito interessante.

Delfim Netto gostava de antiguidades, e todos falar de antiguidades. O ministro Simonsen gostar de ópera, e todos falar de ópera. Eu só queria saber o que vai acontecer quando surgir um ministro que gostar de comer bunda".

Foi uma gargalhada estrondosa. O próprio Simonsen às vezes brincava: "Ari, conta aquela história do Gordon Pereira em Nova York", para embaraço deste.

São Paulo, setembro de 2016.

Ministério da Fazenda

O autor (à esq.) em Roma, quando regressava de Genebra, na Suíça, onde participou das negociações do Gatt, em 1975

Capítulo 9

Variedades

Em 1999, fui titular de um Cartório de Notas e Registro de Imóveis na cidade de Barra Mansa, no Estado do Rio de Janeiro, nomeado em virtude de concurso público.

O ESCORPIÃO

Certo dia, chega um caipira e pergunta ao escrevente o que vem a ser esse tal de "escorpião" que lhe ameaça a propriedade rural, querendo referir-se ao "usucapião".

CONCURSOS

Dizem que tenho a vida que pedi a Deus, mas não pedi tanto; Ele é quem foi generoso comigo. Jamais recebi alguma coisa de "mão beijada": tudo "na raça", por meio de concurso público.

Conquistei vários primeiros lugares. A pior classificação foi em quinto lugar, em um concurso para cartório do Estado do Rio de Janeiro, mas o resultado geral foi posto sob suspeita.

CARTÓRIO EM SÃO PAULO

Em abril de 2000, tomei posse como titular do Sexto Tabelionato de Protesto de Títulos na cidade de São Paulo (SP), após ter sido aprovado em concurso público, também em primeiro lugar.

ENGOLINDO SAPOS

A função tabelional é rendosa, mas é também a arte de engolir sapos. Não raro, a Corregedoria de Justiça abre processo disciplinar para apurar supostas irregularidades do serviço, como tem ocorrido com este modesto serventuário. Mas, felizmente, tenho me livrado são e salvo em todos os procedimentos administrativos.

DEBORAH BONINI

Minha médica chama-se Deborah Bonini, que é geriatra e versada em clínica geral. Além de minha médica, ela é minha amiga e já me curou de várias incidências de pneumonia.

Como sou fumante inveterado, não se opõe a que eu continue fumando, mas de maneira moderada. Por brincadeira, já lhe disse que fumar faz bem para minha pneumonia, ao que ela respondeu com um sorriso maroto.

Disse-lhe eu também que gostaria de morrer como um soldado no campo de batalha, na cena clássica do filme de guerra, quando uma alma caridosa põe um cigarro nos lábios do guerreiro moribundo e este morre feliz pela pátria.

JASSA

Corto meu cabelo com o Jassa, cabeleireiro famoso da cidade de São Paulo (SP), que atende Silvio Santos e outros empresários e artistas.

Foi uma vez chamado para cortar o cabelo de Frank Sinatra, no Copacabana Palace Hotel, situado na Avenida Atlântica, Rio de Janeiro (RJ). Disse-me que meu cabelo se parece com o de Sinatra, o que me deixou muito envaidecido.

JANTAR MUSICAL

Em 4 de março de 2015, ofereci um jantar musical a cerca de 200 convidados, no Iate Clube de Santos, outrora Casa São Paulo, que fica no começo da Avenida Higienópolis, cidade de São Paulo (SP). Lá interpretei várias canções, dentre as quais "Branca", de Zequinha de Abreu, sendo este modesto cantor calorosamente aplaudido.

"Há tempos que a vi
Que eu a conheci
Ela era linda, um primor de amor
Misto de estrela e de flor.
Mas também sofreu
Eu sei, vou contar
Pois li naqueles olhos
Cansados de chorar.

De tarde ao chegar, os trens, um a um
Ela viu desembarcar um estranho tentador.

E Branca a cismar num sonho de amor
Ficou logo apaixonada do mancebo tentador.

Mas essa flor não sentiu florir o amor,
Nunca o sentiu florir, porque ele teve de partir.
Viu-o embarcar, como um dia após amar
E nunca, mais não, sentiu seu puro amor,
Do jovem, seu tentador".

CORAL SANTA TERESINHA

Faço parte do Coral Santa Teresinha, que canta na Igreja Santa Teresinha, situada na Rua Maranhão, Higienópolis, São Paulo (SP). O coral possui, entre soprano, contralto, tenor, barítono e baixo, cerca de vinte cantores; eu atuo como tenor. Dos colegas mais próximos, menciono Dorival, tenor, que às vezes canta como solista. Eu não raramente também atuo nessa condição.

Um órgão de tubos executa músicas ao som dos acordes competentemente tirados por Ivone Pedroso, que é organista e regente do coro.

O coral apresenta-se nas missas de domingo, às 10h30 da manhã. Dentre as canções por ele entoadas, figura "*Pompa e circunstância*", de Edward Elgar, na versão brasileira:

"Oh! Dia de glória
De grande esplendor
Vibrantes cantemos
Um hino de amor.

É um canto que fala
De fé e louvor

À igreja e a Cristo
Nosso pai e Senhor
Que a todos estende
Seu manto de amor."

> Trecho no DVD Memórias:
> Faixa 18 – Pompa e circunstância

MINHA VIDA DE CANTOR

Comecei a cantar ainda no berço, ouvindo minha mãe, que era dotada de bela voz e bom ouvido musical.

A voz de cantor é um dom divino, pois todo dom vem de Deus. A uns Deus deu a força, a uns a beleza, a uns a voz. A voz, a beleza e a força foram outorgadas por Deus às criaturas, para sua maior glória.

Dos 12 aos 16 anos, cantei no coral do Seminário Santo Afonso, em Aparecida (SP), primeiro como soprano, depois como contralto e, mais tarde, tendo mudado de voz, como tenor.

Após um longo recesso, passei a tomar aulas de canto na cidade de São Paulo, desde meados de 2012. Desenvolvi uma voz de tenor dramático, que difere do tenor lírico, porque este atinge notas mais agudas que aquele. Em compensação, o tenor dramático possui uma voz mais volumosa, podendo sobrepor-se à orquestra.

A voz do tenor lírico ressoa mais na cabeça do que no peito, e a voz do tenor dramático, mais no peito do que na cabeça. Ninguém é tenor lírico ou dramático por opção pessoal, mas pelo aparelhamento anatômico de cada um. Meu repertório vai do lírico ao popular, passando pelo tango, bolero, samba-canção e pelo sertanejo tradicional.

MADRUGADAS LITERÁRIAS

Gosto de escrever de madrugada, porque o telefone não toca, a empregada não vem pedir dinheiro e minha esposa não entra para pedir cheque assinado. Assim, desfruto tranquilamente minhas madrugadas literárias.

ESCRITOR, POETA E CANTOR

Sou escritor, poeta e cantor. Já tenho vários livros publicados pela Editora Manole, com temas sobre títulos cambiais (letra de câmbio, nota promissória, cheque e duplicatas) e protesto de títulos. Também estão no prelo, com a Editora Espaço Acadêmico, com sede em Goiânia (GO), as obras: "*Antologia Poética*" e "*Anedotário Bissexto*".

AULAS DE CANTO

Tomo aula de canto toda semana à noite com a professora Mariana Cioromilla, no Music Center, que fica na cidade de São Paulo (SP). É seu proprietário e diretor Rubens Gianotti, que toca órgão primorosamente.

Mariana é natural da Romênia; foi cantora lírica famosa na Europa, com a voz de mezzo-soprano, e atuou como solista na "Oper Berlim", Alemanha. Deixou a carreira de cantora para se casar com um brasileiro, indo morar em Ubatuba, litoral paulista.

Ora é viúva e não tem filhos, ministrando aulas de canto no conservatório de Gianotti para sobreviver. Perguntei-lhe por que o marido não a acompanhou na Europa, e ela respondeu que ele não se habituou.

Aprendi muito com Cioromilla, especialmente a técnica respiratória e a técnica vocal. Com ela, estudo canto desde fevereiro de 2015, e minha voz melhorou consideravelmente.

GIL BARRETO RIBEIRO

Gil Barreto Ribeiro, meu amigo, foi meu colega no Seminário São José e no Seminário Santo Afonso. No Seminário São José, que ficava em Campinas, bairro de Goiânia, em 1952. No Seminário Santo Afonso, situado em Aparecida (SP), de 1953 a 1957. Em dezembro de 1957, saí do seminário e Gil continuou.

Ordenou-se padre em 1967. Deixou o ministério em 1981 para se casar, depois de conseguir licença do Vaticano. Uniu-se com Alda Divina, que era freira.

Escreveu quatro livros: "*Matrimônio: loteria do amor?*", "*Ciência e fé no espaço acadêmico*", "*Diretos Humanos e promoção social*" e "*Contos de um caminhante*".

Diz no primeiro: "*Se o essencial da semente é a capacidade da reprodução, o essencial do amor é a descoberta de que só o amor é essencial*".

Lembro-me como se fosse hoje. Alda, então noviça, olhava demoradamente para Gil, em volta da piscina do Seminário Santo São José. Ele, imperturbável, não lhe deu a atenção esperada. Era como se fosse uma despedida.

ADVOGADO NO RIO DE JANEIRO

Após concluir o mestrado em Direito na Universidade de Yale, em meados de 1973, não foi difícil encontrar emprego no Brasil.

Trabalhei temporariamente no departamento jurídico de uma importante empresa de mineração, sob a chefia do advogado Silveira Lobo. Nessa empresa, conheci Marcos Raposo, meu companheiro de mestrado em Direito na Universidade de Yale. Ali permaneci por 3 meses, quando fui contratado como assessor jurídico da IBM do Brasil, onde fiquei até meados de 1974.

Em seguida, trabalhei como advogado do Escritório Bulhões Pedreira e Bulhões Carvalho, onde me tornei colega de Alberto Venâncio Filho, que fora meu professor em um curso de pós-graduação na PUC-RJ, patrocinado pelo Ministério das Minas e Energia, e, mais tarde, se tornara titular de uma das cadeiras da Academia Brasileira de Letras.

Fui também companheiro de Acyr Pinto da Luz – que acabou se tornando um grande amigo –, engenheiro eletrônico formado pela antiga Escola Nacional de Engenharia da Universidade do Brasil no Rio de Janeiro, onde foi parceiro de Mário Henrique Simonsen. Acyr era versado em matemática pura e aplicada.

Fiquei nesse escritório até meados de 1975, de onde saí para ser assessor de Mário Henrique Simonsen, então ministro da Fazenda, em Brasília.

ASSESSOR DO MINISTRO DA FAZENDA

Tendo trabalhado como assessor do ministro Simonsen na pasta da Fazenda, de meados de 1975 até o final de 1978, acompanhei-o na Secretaria de Planejamento da Presidência da República (Seplan) como consultor jurídico, do começo de janeiro a meados de setembro de 1979.

LENDA

Dizem que Simonsen bebia muito, mas isso é pura lenda. Na verdade, bebia moderadamente. Pode ser que, em tempos idos, se embriagasse vez ou outra, motivado talvez por alguma decepção amorosa. Mas isso pertence ao passado, pois a embriaguez seria incompatível com a sua vasta produção intelectual.

DELFIM NETTO

Permaneci no cargo de consultor jurídico quando Delfim Netto assumiu a Seplan. Delfim tinha uma ampla assessoria e manobrava indiretamente vários ministérios, autarquias e empresas públicas. Ali fiquei até meados de 1981, quando deixei a Seplan para militar em outras áreas.

RUI BARBOSA E O FAZENDEIRO

Um assessor de Armando Falcão, ministro da Justiça no tempo do presidente Geisel, contou a seguinte anedota: Rui Barbosa, senador, visita um fazendeiro chamado Antônio da Silva. Na sala de estar, Antônio indaga sobre a polêmica entre o senador e Carneiro Ribeiro, que ganhara notoriedade nos jornais. O visitante explica-lhe os fatos e, cerca de 1 hora depois, pergunta: "Entendeu, sr. Antônio?". "Entendi sim. É negócio de 'uns *paper*', não é?".

A ÁGUIA DE HAIA

De acordo com Luís Americano, procurador da Fazenda Nacional, ali pelos anos de 1950, um grupo de baianos esteve em Haia para visitar a casa onde Rui Barbosa triunfou. Perguntam aos funcionários se alguém se lembrava do ilustre baiano: "*Monseigneur* Barbosa?". Ninguém se lembra, até que alguém sugere perguntar a um antigo funcionário da portaria. "*Monseigneur* Barbosa, como ele era?", indaga o porteiro. "Era baixo, moreno, cabelos brancos." "Ah! Sim, agora me lembro: ele falava, falava, falava, e todo mundo dormia."

LEVANDO A CULPA

Dornelles estava reunido em seu gabinete com alguns deputados quando soltou uma flatulência silenciosa. Mineiro vivo, rapidamente chamou a secretária, que entrou na sala antes que o mau cheiro se espalhasse, apenas para despachá-la em seguida: "Pode ir". E aos visitantes: "Essa secretária só sabe peidar". O pior é que ela ouviu tudo e caiu no choro.

CARTÓRIO EM BRASÍLIA

Entrei para o serviço público mediante concurso. Nada recebi de mão beijada, sempre conquistei tudo por meio de certame, na raça.

Assim, fui titular do 1º Ofício de Registro Civil, Títulos e Documentos e Pessoas Jurídicas em Brasília, após ter sido aprovado em concurso público realizado em dezembro de 1970, no qual bati meus concorrentes para a única vaga disponível.

Porém, foi preciso travar uma longa batalha judicial antes que eu pudesse tomar posse, pois um candidato, classificado em sétimo lugar, queria a vaga, alegando ela lhe pertencia. O caso foi parar no Supremo Tribunal Federal, onde venci meu oponente por unanimidade, e só tomei posse em dezembro de 1978; portanto, 8 anos depois do concurso.

Foi meu advogado José Paulo Sepúlveda Pertence, mais tarde procurador-geral da República e, em seguida, ministro do Supremo Tribunal Federal. Foi mais uma vitória de Pertence, um dos advogados mais famosos do Brasil.

Permaneci na serventia até meados de 1987, saindo de lá para ser procurador do estado do Rio de Janeiro, também mediante concurso público, pois estava cansado de engolir sapos da Corregedoria Geral da Justiça do Distrito Federal.

FALANDO SÉRIO

Falar sério não é falar de cara feia, como dizia um velho professor. Às vezes, uma piada atinge melhor o alvo do que muito discurso frouxo, solene e pedante.

TEORIA DA RELATIVIDADE

Muitos acreditam ter Einstein afirmado que tudo é relativo, mas essa teoria não desencadearia nenhuma revolução científica. Para estabelecer sua teoria, em 1905, o físico judeu-alemão partiu do pressuposto de que pelo menos uma coisa é constante: a velocidade da luz.

Tal pressuposto, aliás, já havia sido estabelecido pelo físico holandês Hendrik Lorentz no final do século IX, com base na experiência dos estadunidenses Michelson e Morley.

Mas Lorentz cautelosamente manteve a conjectura da existência do éter, uma substância misteriosa que seria responsável pela transmissão da luz no espaço. A Teoria da Relatividade de Einstein muito deve a Lorentz, mas despreza, por supérflua, a teoria da existência do éter.

Einstein aproveitou a oportunidade para introduzir a famosa equação $E = mc^2$, ou seja, a massa é equivalente à velocidade da luz ao quadrado, que é o princípio da bomba atômica.

Num artigo publicado em 1915, ele publicou a hipótese de que o espaço é curvo, para espanto dos cientistas e da sociedade em geral. Em suma, postula que o movimento distorce o espaço à sua volta, o que só é observável em movimentos comparáveis ao da luz, defletindo os raios solares nas proximidades em que passa o objeto. Sua teoria foi comprovada no eclipse solar de 1919.

Outros cientistas teriam chegado, mais cedo ou mais tarde, à primeira Teoria da Relatividade, mas Einstein chegou sozinho à teoria de que o espaço é curvo – o que demonstra a sua genialidade.

Muitos acreditam que foi Einstein quem inventou a quarta dimensão. Na verdade, a quarta dimensão foi estabelecida por Hermann Minkowski, alemão que deu um refinamento matemático à Teoria da Relatividade.

Quando viu as equações de Minkowski, teria exclamado Einstein: "Agora quem não entende da Teoria da Relatividade sou eu!", mas logo se refez e aprendeu a lidar com a nova matemática.

Como já se sabia, há séculos, para descrever um objeto em movimento, são necessárias quatro variáveis: três relativas ao espaço e uma relativa ao tempo. O mérito de Minkowski foi dar às quatro dimensões consistência matemática, situando-as num sistema harmonioso de quatro equações, o que é simplesmente admirável.

CRÍTICAS E APLAUSOS

Como disse alguém espirituosamente, aceito as críticas de bom grado, mas não dispenso os aplausos, quando merecidos.

São Paulo, janeiro de 2017.

Variedades

Em sentido horário: o autor (atrás em pé), sua mãe, Angelina, e seus irmãos Dalva, Álvaro, Suzy e Teresa (1949)

Variedades

Da esq. para a dir.: o autor, Francisco Monteiro Neto, Leon, José Otávio e Francisco Dornelles, em uma churrascaria em Brasília (1976)

Variedades

O autor na Ilha de São Francisco (SC), em 1990

Variedades

O autor e sua mãe, Angelina Della Bianca Bimbato, em 1990

Variedades

O autor (à dir.) na posse do professor Tarcísio Padilha na Academia Brasileira de Letras (1997)

Variedades

Da esq. para a dir.: o autor, Dulce Ângelo e Francisco Dornelles, em um jantar em Brasília (1999)

Variedades

O autor e sua esposa, Rose, em visita à Universidade de Yale em 2014

Variedades

O autor e sua esposa, Rose, no dia de seu casamento em Brasília (2002)

Variedades

O autor em sua residência (escritório e tocando órgão) em São Paulo, SP (2015)

Variedades

O autor, Hillary Clinton e Rose (esposa do autor), na Universidade de Yale em 2013

Variedades

O autor cantando em um jantar em São Paulo, SP, em janeiro de 2015

CRÉDITOS DAS FAIXAS MUSICAIS DO CD/DVD

1. O murmurar da cachoeira – Compositores: Luiz Godofredo e Alcides Morais. Intérprete: Mario Bimbato. Domínio público.

2. O carro de boi – Domínio público.

3. O baile na flor – Autor: Castro Alves. Compositor desconhecido. Intérprete: Mario Bimbato. Domínio público.

4. Sonhando com Veneza – Autor desconhecido. Intérprete: Mario Bimbato. Domínio público.

5. Tragédia: Juliana e João Jorge – Canto popular. Autor desconhecido. Intérprete: Mario Bimbato. Domínio público.

6. A caça do lobo – Autor desconhecido. Intérprete: Mario Bimbato. Domínio público.

7. Catira – Vídeo. Autor desconhecido. Domínio público.

8. Congada – Vídeo. Autor desconhecido. Domínio público.

9. Festa do Divino – Autor desconhecido. Intérprete: Mario Bimbato. Domínio público.

10. O murmurar da cachoeira (orquestrada) – Produzida por: All Produtora. Domínio público.

11. Cavalhadas – Vídeo. Autor desconhecido. Domínio público.

12. Pedro Ludovico – Intérprete: Mario Bimbato. Domínio público.

13. Róseo menino – Autora: Auta de Souza. Intérprete: Mario Bimbato. Domínio público.

14. Procissão do Santíssimo – Intérprete: Mario Bimbato. Domínio público.

15. Va pensiero – Compositor: Giuseppe Verdi. Intérprete: Mario Bimbato. Domínio público.

16. La vergine degli angeli – Compositor: Giuseppe Verdi. Intérprete: Mario Bimbato. Domínio público.

17. Eis que lá das estrelas – Compositor: Afonso Maria de Ligório. Intérprete: Mario Bimbato. Domínio público.

18. Marcos, pescador – Autor desconhecido. Intérprete: Mario Bimbato. Domínio público.

19. Pompa e circunstância – Autor: Edward Elgar. Intérprete: Mario Bimbato. Domínio público.

Outras canções citadas no livro interpretadas por Mario Bimbato podem ser encontradas no canal de Mario Bimbato no YouTube: goo.gl/YO8zuv.

BIBLIOGRAFIA – CRÉDITOS DAS CITAÇÕES

- ABREU, Zequinha de. Branca. [1918] Valsa. Relançada no álbum de partituras referente ao filme "Tico-Tico no Fubá". São Paulo: Irmãos Vitale 69-a, 1952.

- ALMEIDA, Antonio. Serenô. Intérprete: Anjos do Inferno. [S.l.]: Columbia, 1943. Disco 78 rpm. Álbum 55303.

- ALVES, Francisco; BITTENCOURT, René. Canção da criança. [S.l.]: Odeon, 1952. Disco 78 rpm. Álbum 13336.

- ANJOS, Augusto dos. Versos íntimos. [1906]. In: Eu. Rio de Janeiro: [S.n.], 1912.

- BILAC, Olavo. Delírio. [S.l.]: [S.n.], [S.d.].

- LOBO, Haroldo; PINTO, Marino. Bota o retrato do velho. Intérprete: Francisco Alves. Imprenta [S.l.]: Odeon, 1950. Disco 78 rpm. Álbum 13078.

- [MARANHÃO, Euclides da Costa. 1909.] MARTINS, Alberto Augusto; MAGALHÃES, Teófilo de. Canção do soldado. 1942.

- MORAES, Vinicius de; JOBIM, Antonio Carlos. Garota de Ipanema. 1962.

- OLIVEIRA, Angelino de. Tristeza do Jeca. Intérprete: Patrício Teixeira. [S.l.]: 1ª gravação em disco, 1926.

- ROCHA, Benedito Odilon. Hino de Corumbá.

- SANGUINETTI, Horácio; DAMES, José; FLORES, Roberto. Tristeza marina. [1943]. Intérprete: Francisco Alves. [S.l.]: Odeon, 1946. Disco 78 rpm. Álbum 12698.

- SILVA, Antenógenes. Saudades de Ouro Preto. [S.l.]: Odeon, 1939. Disco 78 rpm. Álbum 11681.

- SILVA, Gérson Coutinho da (Goiá). Saudade de minha terra. Intérpretes: Belmonte e Amaraí (Paschoal Todarello e Domingos Amaraí Sabino da Cunha). [S.l.]: RCA, 1966. Disco 78 rpm.

- SOUZA, Lúcio Rodrigues de (Zé Carreiro); Caporrino, Nicola (Alocin). Canoeiro. [1950]. Intérprete: Tião Carreiro e Pardinho. São Paulo: Gravações Elétricas, 1976. Álbum É Isso Que O Povo Quer. Faixa 9.

- TONICO E TINOCO (João Salvador Perez e José Salvador Perez). Chico mineiro. [S.l.]: Columbia, 1946. Disco 33 rpm. Álbum 10579-1.

- TÔRRES, Raul. A moda da mula preta. [1944]. Intérprete: Luiz Gonzaga. São Paulo: RCA Victor, 1948. Disco 78 rpm. Álbum 80.0580.

- VILLA-LOBOS, Lucília Guimarães; Furtado, Capital. Rio de Janeiro, Brasil: Carlos Wehrs, 1938. Álbum Cantar é viver.

- ZAN, Mario; GARCIA, Messias. Capricho cigano. São Paulo: RCA Victor, 1957. Disco 78 rpm. Álbum 80.1805.